Reshad Feild

Atmen Sie, um Gottes Willen!

Reshad Feild

Atmen Sie, um Gottes Willen!

Vorträge über die mystische Kunst
und Wissenschaft des Atems

Aus dem Englischen
von Robert Cathomas
und anderen

Chalice Verlag

Die englische Originalausgabe erschien
2013 bei Chalice Publishing / Chalice Verlag, Xanten
unter dem Titel *Breathe – for God's Sake!*

© Reshad Feild 2013

Deutsche Erstausgabe

© der deutschen Übersetzung,
Chalice Verlag, Xanten 2013

© der zitierten Stellen
bei den jeweiligen Rechteinhabern gemäß
Quellenangabe ab Seite 165

Buchgestaltung: Robert Cathomas
Herstellung: Books on Demand GmbH
Printed in Germany

ISBN 978-3-942914-09-3

Inhalt

Vorträge

Übungen

Gedichte und Zitate

Vorwort

Die Auswirkungen Ihres Atems liegen voll und ganz
in Ihrer persönlichen Verantwortung.

WENN SIE AM LEBEN SIND, ATMEN SIE. DOCH WENN
Sie atmen, sind Sie nicht notwendigerweise lebendig. Wir
gehen in einem Schlafzustand umher, in einer Traumwelt,
und sind mit der Illusion von Ursache und Wirkung identifiziert und meistens, außer in unseren ganz großen
Momenten, unfähig, irgendetwas Kreatives zu tun. Seit
Anbeginn der Zeit haben alle echten inneren Schulen mit
Nachdruck betont, dass wir schlafen. Sicherlich hat Jesus
das oft genug gesagt. Was war mit seinen Jüngern, als er sie
bat, während seines Gebets auf dem Ölberg wach zu bleiben? Jesus trug ihnen auf, sie sollen in seiner Abwesenheit
»wachen und beten«, doch als er zurückkam, schliefen sie
alle fest. Wenn Sie wach sein wollen in der Zeit, in der Sie
wach bleiben sollen, achten Sie auf Ihren Atem und auf
Ihr Atmen.

G.I. Gurdjieff sagte, wir seien »kosmische Apparate für
die Umwandlung feinstofflicher Energien«. Was könnte
das bedeuten? Auf jeden Fall weist es auf die Wahrheit hin,
dass wir uns nicht unterschätzen sollten. Aber um uns
selbst zu erkennen, müssen wir wach bleiben und unsere
niedere Natur, das Fordernde Selbst oder die *nafs,* wie es in
der Sufi-Sprache heißt, transformieren. Denn wir sind
keine Teilnehmer an einer Hundeshow, wo am Ende unserer Vorführung kleine Kekse auf uns warten. Also sollten

wir uns auch nicht wie solche aufführen. Vielmehr müssen wir uns stets daran erinnern, dass es keine Belohnung gibt. Wenn wir erkennen, dass diese große Welt der Liebe in uns ist, eingeschlossen von unserem Fordernden Selbst, und wenn wir an uns arbeiten, vermögen wir vielleicht, den »in uns gefangenen Gott zu befreien«, wie Kazantzakis sagte. Dieser Gott ist eingekerkert in unseren Illusionen, unserer Gier, unseren negativen Gefühlen. Atmen kann ein guter Auftakt zu dieser Befreiung sein.

Die Auswirkungen Ihres Atems liegen voll und ganz in Ihrer persönlichen Verantwortung. Wir erschaffen unsere eigene Atmosphäre und die Atmosphäre um uns herum. In diesem Wissen liegt eine immense Verantwortung. Stellen Sie sich zum Beispiel den sorgen- und angsterfüllten Wartesaal eines Krankenhauses vor: Wenn Sie ihn betreten und einfach nur versuchen, in der Göttlichen Gegenwart zu sein und bewusst zu atmen, ohne Ihre Vorstellungen darüber, wie es denn sein sollte, nach außen zu projizieren, kann das die Atmosphäre in diesem Raum vollkommen verändern. Wenn ›Sie‹ *das* tun können, was vermögen Sie dann *noch alles?* Handeln Sie jedoch aus selbstgefälligen Motiven und glauben Sie, *Sie* würden die Atmosphäre verändern, wer ist es dann, der es versucht? Es ist Ihr Ego – und das ist nicht der Atem des Lebens.

Aber warum haben *Sie,* liebe Leserin, lieber Leser, zu diesem Buch gegriffen? Einfach aus Neugier auf ein weiteres interessantes Thema? Oder aber weil Sie dieses große Rätsel des Atems tatsächlich zum Staunen gebracht hat und Sie sich vielleicht angefangen haben zu fragen, was es denn *für Sie* eigentlich bedeuten könnte? Ich hoffe sehr, es ist das Letztere; denn ohne eine echte Frage und den aufrichtigen Wunsch, diesem Mysterium des Atems, das mit dem Mysterium des Lebens untrennbar verbunden ist, auf den Grund zu gehen, werden Sie wahrscheinlich an der Oberfläche der Dinge hinweggleiten und die wundervolle Möglichkeit verpassen, zu echter Transformation in Ihrem Leben zu gelangen.

Ohne unsere bedingungslose Liebe und Dankbarkeit für das Leben werden wir das wunderbare Geheimnis des Atems niemals kennenlernen. Wir mögen alle Arten von Übungen machen, wir können uns sogar auf den Kopf stellen und mit unseren Füßen klatschen – all das wird nicht helfen. Ohne diese Liebe und Dankbarkeit funktioniert übrigens auch das Beten nicht. Wieso sollte irgendetwas funktionieren, solange wir nicht dankbar sind? »Jedes Gebet beginnt mit Lobpreis«, sagt die christliche Tradition. »Dankbarkeit ist der Schlüssel zum Willen«, sagte Jalaluddin Rumi. Und es gibt nur *einen absoluten Willen.* Ohne Dankbarkeit führen alle unsere Unterfangen und all unser Streben zu gar nichts.

Dieses Buch will Ihre tieferen Fragen wecken und Ihre Erkenntnis, dass es in der Kunst und Wissenschaft des Atems bedeutend mehr zu entdecken gibt, als es oberflächlich erscheinen mag. Um zum Verstehen zu gelangen, braucht es Ausdauer und regelmäßiges Üben; und es gibt viele, viele Ebenen. Aber alle diese Ebenen liegen in Ihnen selbst. Was dieses Buch, so Gott will, zu leisten vermag, ist, Ihnen beim Entdecken Ihres schlummernden Potenzials zu helfen. Ich bete darum, dass dies gelingt, und hoffe, Sie werden beim Tieferschürfen Ausdauer zeigen. Es braucht Zeit, das Geheimnis des Atems in all seinen Facetten zu verstehen, und Sie werden viel üben müssen.

Die in diesem Buch beschriebenen Übungen sind vollkommen sicher und können, so oft Sie es für richtig halten, ausgeführt werden. Tatsächlich scheinen sie derart ›einfach‹ zu sein, dass zahlreiche Studenten unsere esoterische Schule früher oder später verlassen haben, weil sie »gelangweilt« waren. Weshalb langweilen sich die Leute? Wahrscheinlich weil es nichts Glamouröses zu erreichen gibt. Doch den Mutteratmen zu erlernen, ist nur der Anfang – aber es ist ein Anfang ohne Ende.

Wenn die Menschen lange genug durchhalten, kann, so Gott will, eine Zeit kommen, da sie, sogar während sie mit jemandem im Gespräch sind, »Meister ihres Atems« bleiben und die Oktave des Mutteratems durch sie hindurchgeht. Schließlich wird die Zeit eine vollkommen andere Bedeutung annehmen. Dann werden die Menschen zum Beispiel wissen, wann sie mit etwas beginnen sollen, und merken, wann etwas abgeschlossen ist, wann es nichts Weiteres mehr zu tun oder zu sagen gibt. Sie wissen dann, was in einem gegebenen Moment gebraucht wird, wie dies Lev Tolstoi so schön in seiner Erzählung *Die drei Fragen* schildert. Wenn wir Meister des Atems und sozusagen »auf dem Atem« sind, also nicht identifiziert mit unseren Gefühlen, unseren Problemen oder mit diesem und jenem, vermögen wir zu *hören* und zu *sehen,* was geschieht. Und so können wir zur rechten Zeit am richtigen Ort sein, um anderen zu helfen.

Einführung

Das Allerwichtigste in der Atemarbeit
ist Bescheidenheit und Dankbarkeit.

WEIL »DIE HEUTIGE METAPHYSIK DIE PHYSIK VON

morgen ist«, bin ich überzeugt, dass auch von Seiten
etablierter Naturwissenschaftler schon bald wirklich wichtige Dinge über den Atem publiziert werden. Nehmen wir
zum Beispiel die Kombination der beiden Tatsachen, dass
der menschliche Körper zu fünfundachtzig Prozent aus
Wasser besteht und dass der Atem Feuchtigkeit enthält.
Das ist simpelstes Allgemeinwissen. Aber wie sieht es aus,
wenn ich Ihnen sage, dass dies in direktem Zusammenhang steht mit der esoterischen Bedeutung des Ausdrucks
»über Wasser gehen«?

Um die letzte Jahrtausendwende herum wurden jene bekannten Bücher über die Kristalle im Wasser veröffentlicht
und in Millionenauflagen verkauft. In Bezug auf sie habe
ich nie ein Blatt vor den Mund genommen, weil sie,
gemäß dem mir gegebenen Wissen, irreführend sein können. Jemand glaubt, was ein anderer glaubt, und so weiter
– und schon übernimmt der Herdentrieb. Das erste der er-
wähnten Bücher beschrieb, wie sich die Wasserkristalle
durch Klang und Ähnliches verändern lassen. Dann ging
der Autor einen Schritt weiter und zeigte, dass man eine
Flasche mit Wasser aus einer reinen Quelle nehmen und
mit dem Wort »Liebe« beschriften kann, worauf sich
die Wasserkristalle ebenfalls verändern. Also war alle Welt
einige Jahre lang ziemlich enthusiastisch und rannte mit

Wasserflaschen durch die Gegend, die mit »Liebe« oder dem Namen einer Bachblüte oder was auch immer beschriftet waren, und einige Leute machten damit eine schöne Stange Geld. Kürzlich aber veröffentlichten zwei deutsche Wissenschaftler ein kleines Büchlein, welches erklärt, dass es nicht das Wort »Liebe« auf der Flasche ist, das die Kristalle verändert – es ist der eigentliche *Augenblick,* in dem die Flasche beschriftet wird, und die *Haltung,* in der dies geschieht.

Die Leserinnen und Leser meines zweiten Buches, *Wissen, dass wir geliebt sind,* werden sich an die Worte meines Freundes John auf seinem Sterbebett erinnern, als er ganz am Ende sagte: »Atmet mit mir, es ist Zeit.« Interessanterweise habe ich von keinem der Hunderttausenden von Lesern dieses Werks jemals einen Kommentar darüber gehört, was der Satz wohl bedeuten könnte. Was würden Sie sagen? Meinen Sie, weil John gerade dabei war, an inneren Blutungen zu sterben, bedeute es: »Atmet mit mir, weil für mich die Zeit zu sterben gekommen ist«? Wenn Sie das glauben, unterschätzen Sie die Dinge gewaltig! Das wäre oberflächliches Zuhören, ein Hören ›in Schubladen‹, kein Lauschen auf die Bedeutung.

Dieser Satz enthält viele, viele Ebenen. Beispielsweise: »Atmet mit mir, es *ist* Zeit.« Was ist die Zeit? Gibt es eine Zeit, wenn Sie tot sind? Weshalb sagen die Sufis: »Stirb, bevor du stirbst«? Warum steht im Koran: »Christus wird kommen vor dem Ende der Zeit«? Weshalb heißt es im Zen: »Wenn du Buddha auf der Straße triffst, töte ihn«? Weil es keinen Raum für zwei gibt. John war bereits ›gestorben‹, als er starb. Er war vollkommen. Daher hatten das Zusammensein und das Atmen mit ihm eine äußerst tiefgreifende Wirkung auf mich und tatsächlich, auch wenn sie den Worten selbst nicht auf den Grund zu gehen vermochten, auf Tausende von Menschen, die dieses Buch gelesen haben – dieser eine Satz!

Der Atem ist ein unglaublich komplexes Thema, über das bereits so viele Bücher geschrieben wurden. Biologie, Physiologie und Medizin beschäftigen sich mit dem Atmen, und auch aus psychologischem und therapeutischem Blickwinkel wird es behandelt. Und dennoch: Wissen wir, *was* der Atem ist? In Kursen und Selbsthilfebüchern geben alle Arten von ›Experten‹ Ratschläge, wie man dank modernster Atemtechniken alles Mögliche, von »besserer Gesundheit« bis zu »mehr Erfolg«, erzielen könne. Aber liegt uns die *Bedeutung* des Atems wirklich am Herzen?

Tiefere Erkenntnisse über dieses Thema findet man sicherlich im religiösen Schrifttum. Praktisch alle spirituellen und mystischen Traditionen wissen etwas über den Atem. Natürlich spielt Atem im Hinduismus und im Buddhismus, wie im Vipassana und im Yoga, eine bedeutende Rolle. Auch die abrahamitischen Religionen geben Hinweise auf die enorme Bedeutung des Atems. Und selbstverständlich wissen die meisten indigenen Traditionen, wie zum Beispiel die amerikanischen Indianer, um das Geheimnis des Atems.

Ich selbst habe mein ganzes Leben hindurch aus vielen verschiedenen Traditionen und Schulen über den Atem gelernt. Und doch habe ich bis auf den heutigen Tag nie aufgehört, Fragen zu stellen, fasziniert zu sein und dieses erstaunliche Thema weiter zu studieren. Meine ersten ›Atemlektionen‹ erhielt ich im Alter von vier Jahren im Kindergarten. Auf meinem späteren Lebensweg lernte ich vom tibetanischen Buddhismus, von den Druiden, vom

Sufismus und vom esoterischen Christentum, von den Lehren G. I. Gurdjieffs und P. D. Ouspenskys sowie von den Sioux-Indianern in Nordamerika.

In den vergangenen vierzig Jahre habe ich Hunderte von Studenten in England, den Vereinigten Staaten, Kanada, Mexiko und Europa in der spirituellen Bedeutung und den esoterischen Aspekten der »mystischen Kunst und Wissenschaft des Atems«, wie ich es nenne, unterrichtet. In vielen Studientexten und Büchern habe ich darüber geschrieben, und in unzähligen Vorträgen und Seminaren darüber gesprochen. Die Menschen bleiben vom Atem fasziniert, und so werde ich vielfach gefragt, wie man gut atmet und wie man durch den Atem zu einer richtigen Lebenseinstellung gelangt. So ist also das vorliegende Buch eine kompakte Zusammenfassung eines Großteils meiner Lehren über das Thema. Bereichert wird es durch Gedichte und Zitate aus unterschiedlichen Traditionen, die als Wegweiser gedacht sind in Richtung eines, wie ich finde, echten Verständnisses des Atems.

Der praktische Aspekt dessen, was ich lehre, schließt einige scheinbar einfache, auf dem so genannten Mutteratem basierenden Übungen ein. Meiner Überzeugung nach birgt dieses gleichmäßige Atmen im 7-1-7-Rhythmus ein großes Geheimnis, das sich in sehr alten, bis auf die gnostischen Apokryphen und noch weiter zurückgehenden Aufzeichnungen entdecken lässt. Ich bin sogar in altägyptischen Hieroglyphen darauf gestoßen.

Die Kunst und Wissenschaft des Atems verlangt von uns zu akzeptieren, intelligent zu akzeptieren, dass, wenn wir bewusst einatmen – indem wir allen Geschenken Gottes liebende Aufmerksamkeit entgegenbringen und erkennen, dass Er der einzige Versorger ist –, wir alles erhalten, was wir brauchen, und dass diese Energie in uns an den richtigen Ort fließen kann. Später wird uns vielleicht weiteres spezifisches Wissen, wie zum Beispiel über die elektromagnetischen Felder und das Drüsen- und das Nervensystem und so weiter, gegeben. Doch das Allerwichtigste in der Atemarbeit ist Bescheidenheit und Dankbarkeit. Es braucht Bescheidenheit, uns einzugestehen, dass wir größtenteils wie Maschinen funktionieren und nicht genügend bewusst sind. Und es braucht Dankbarkeit gegenüber der Tatsache, dass wir am Leben sind. Wenn wir doch nur die Heiligkeit des Lebens verstehen und erkennen könnten, dass es das einzige ist, das wir haben: Schon allein dieses Wissen sollte uns bescheiden machen. Und Bescheidenheit bringt uns Vertrauen. Wenn wir vollkommen vertrauen, kann unser Atem zum Atem des Mitgefühls werden, und wir selbst können wahre Zeugen der Einheit sein.

Der Atem innerhalb des Atems

Kabir Granthvali

Suchst du Mich? Ich sitze neben dir.
Meine Schulter berührt die deine.

Du wirst Mich weder in Stupas finden
noch in indischen Schreinen, noch in Synagogen,
noch in Kathedralen,
weder in Messen noch in Gesängen,
weder in Beinen, die sich um deinen Hals winden,
noch im Essen von nichts anderem als Gemüse.

Wenn du Mich wirklich suchst,
siehst du Mich unverzüglich – du wirst Mich finden
im winzig kleinsten Haus der Zeit.

Kabir fragt: Student, sag mir, was ist Gott?
Er ist der Atem innerhalb des Atems.

❦

Atem ist Leben

*Der Atem ist vielleicht das tiefste Geheimnis
in unserem Leben überhaupt.*

DAS GEHEIMNIS DES LEBENS LIEGT IM ATEM. WIR
kommen auf dem Atem in diese Welt, und wir verlassen
sie auf dem Atem, aber wenn wir nicht für den Atem wach
sind, werden wir schlafend für die Wirklichkeit des Lebens
sterben. Atmen heißt leben. Ohne Atem gibt es kein
Leben. Aber wir nehmen den Atem für ebenso selbstverständlich wie das Leben selbst. Beides geschieht einfach so,
und wir leben weiterhin unbewusst, bis eines Tages der
Tod anklopft und wir uns fragen, was denn aus unserem
Leben geworden ist. Solange wir nicht bewusst atmen,
gehen wir schlafend durch dieses Leben. Der Durchschnittsmensch, der ein mehr oder weniger mechanisches Leben
führt, macht sich über den Atem keinerlei Gedanken, bis
der Tod vor der Tür steht und er um den letzten Atemzug
ringt und sich an die Überbleibsel dessen klammert, was er
bis dahin für Leben gehalten hat. Es ist in der Tat leicht,
den Atem für selbstverständlich zu nehmen, und dennoch
haben wir in unserem Leben die Verpflichtung, bewusst
atmen zu lernen. Wenn wir das Leben tatsächlich leidenschaftlich leben und glücklich sind über unser Hiersein,
dann müssen wir dieses große Wunder auch in seiner ganzen Tiefe erforschen.

Die spirituelle Welt ist hier, mitten im Leben. Sie *ist* das
Leben. Aber wir können nicht hier sein, wir können nicht
einmal lebendig sein, ohne zu atmen. Nur wenige Men-

schen können die Verantwortung zu leben akzeptieren: nämlich in diesem Körper zu wohnen und Hüter dieses Planeten zu sein. Das erfordert ein Höchstmaß an Respekt. Zwar sind wir nicht nur unser Körper, unsere Gefühle oder unsere Gedanken, aber wir müssen in diesem Gefäß, das uns geschenkt ist, vollkommen heimisch sein; denn nur durch unseren Körper können wir den Geist des Lebens zum Ausdruck bringen. Darum geht es eigentlich. Und der Schlüssel zu alledem liegt im Atem. In vielen Sprachen leiten sich »Geist« und »Atem« aus derselben Wurzel her. Der Geist des Lebens wird vom Atem getragen. Um uns des Lebens bewusst zu sein, müssen wir für den Atem wach sein. Und tatsächlich ist es nicht einmal *möglich,* bewusst zu sein, im wahren Sinn dieses Wortes, wenn wir nicht wirklich für den Atem wach sind.

Können Sie bewusst ›Liebe machen‹, wenn Sie nicht wach sind für den Atem? Können Sie eine Speise bewusst zubereiten und des Lebens in der Nahrung gewahr werden, wenn Sie nicht wach sind für den Atem? Alles liegt innerhalb des Atems. Muhyiddin Ibn Arabi, ein großer Sufi-Mystiker des dreizehnten Jahrhunderts, sagte: »Alles ist im Göttlichen Atem enthalten wie der Tag in der Morgendämmerung.« Sie können jede Farbe, jedes Element, jede Schwingung einatmen, die Sie wünschen, und zwar von jedem Punkt der Welt aus, ohne auch nur Ihr Zimmer zu verlassen. Das alles ist durchaus möglich und nicht einmal schwierig – es erfordert lediglich Übung. Der Atem ist Träger der Heilkraft wie der Telepathie und übermittelt *Baraka,* die spirituelle Gnade. Denken Sie nur an den Wind. Der Wind weht und trägt mit sich fort, was leicht genug ist, um von der Erde aufgenommen zu werden. Er trägt den Blütenduft mit sich fort. Er trägt die Blätter, die von den Bäumen fallen. Er trägt die Samen der Pflanzen an jenen Ort, wo sie später Wurzeln schlagen.

Die Möglichkeiten, die ein Verständnis des Atems eröffnet, sind enorm, und die größte Herausforderung besteht darin, beständig dafür wach zu sein. Können wir lernen, mit dem Leben zu atmen? Können wir lernen, mit Gott zu atmen? Möchten wir mit Gott atmen, müssen wir uns Gott bedingungslos hingeben. Jalaluddin Rumi sagte: »Wenn du leben willst, stirb in Liebe. Stirb in Liebe, wenn du lebendig bleiben willst.« Genau dies ist die Leidenschaft der Hingabe, die wir brauchen, um in die Einheit Gottes einzugehen. Es ist Hingabe, nicht Erlangen. Wir können ohnehin nichts erlangen. Denn es gibt nur *ein* Absolutes Sein, das Sich aus Seinem innersten Wesen heraus in jeden einzelnen Augenblick hinein und durch jedes Einzelwesen zur Entfaltung bringt, und dies alles geschieht durch den Atem.

Die Aufmerksamkeit für den Atem ist jeden Tag, jeden Moment nötig. Beginnen können wir damit, das Ein- und Ausströmen des Atems zu beobachten. Das allein erfordert bereits viel Übung, und nur wenige Menschen sind bereit, die entsprechende Mühe auf sich zu nehmen. Wenn wir den Atem beobachten können, geht uns langsam auf, dass wir unentwegt von Gedanken tyrannisiert werden, die uns hierhin und dorthin tragen. Obwohl wir der Wahrheit nicht gerne ins Gesicht blicken, wird uns vielleicht klar, dass wir nur wenig Beständigkeit haben. Was wir meinen zu sein, verändert sich laufend. Vielleicht erkennen wir sogar, dass wir weder unsere Gedanken noch unsere Gefühle oder unser Körper sind. Warum aber bereitet es uns solche Schwierigkeiten, den Atem zu beobachten, ohne von unseren Gedanken ständig hin und her gejagt zu werden? Solange wir nicht lernen, bewusst zu atmen und

ein konstantes »Ich« oder einen »Beobachter« zu entwickeln, können wir immer wieder in die Irre geführt
werden. Nur wenn wir lernen, in Aufmerksamkeit zu
atmen, eröffnet sich uns die Chance, jenem inneren Sein
zu begegnen, das unser wahres Selbst ist.

Solange wir nicht in Aufmerksamkeit »auf dem Atem«
sind, können wir nicht hören. Wir können nicht einmal
beginnen, unser inneres Sein zu kennen, da wir uns immer
noch mit unserer niederen Natur und mit unserem ge-
schwätzigen Geist befassen. Solange wir nicht auf dem
Atem sind, können wir nicht beginnen zu dienen, weil wir
nicht wirklich im gegenwärtigen Augenblick leben. Wenn
wir Meister unseres Atems sind, haben wir die Chance, der
Welt und der hereinkommenden Zukunft etwas zu geben.
Wir sind hier um zu geben, alles von uns zu geben in voll-
ständiger Verpflichtung dem Leben gegenüber. Das ist
die Gegenleistung, die wir für das Geschenk des Lebens zu
erbringen haben. Es ist ganz und gar sinnlos, über »Selbst-
Entfaltung« oder sogar »Selbst-Verwirklichung« zu sprechen, solange wir noch nicht einmal in der Lage sind,
bewusst in Liebe und Mitgefühl auszuatmen.

Ohne bewussten Atem blockieren wir den Fluss der
Lebensenergie. Diese Lebensenergie umgibt uns überall,
und wir können sie bewusst zu unserem Nutzen in uns
aufnehmen und sie im Dienen zurückgeben. Einer meiner
Lehrer erklärte mir einmal: »Du atmest lediglich ein, um
wieder auszuatmen.« So verlor ich schließlich das Gefühl,
dass ich selbst es sei, der da atmete. Ich wurde geatmet.
Dies kann allerdings nur geschehen, wenn sich Ein- und
Ausatmen in Harmonie befinden, wenn wir also im Einklang mit dem Göttlichen Lebensfluss sind. In Harmonie
haben wir die Möglichkeit, einander zu helfen.

Der Atem ist vielleicht das tiefste Geheimnis in unserem Leben überhaupt. Wir treten auf dem Atem in diese Welt ein und verlassen sie wieder auf dem Atem. Alles ist im Atem enthalten. Jegliches Leben ist uns allein durch den Atem verfügbar. Wenn wir also einatmen, können wir alles in uns aufnehmen, was wir brauchen, und zwar von jedem Ort im Universum. Und wenn wir ausatmen, können wir dem Leben selbst etwas von uns zurückgeben und helfen, ein Muster zu erzeugen, das der zukünftigen Welt zugutekommt. Unser Atem ist nicht von Mauern begrenzt. Wir können unseren Atem aus allen Richtungen holen und bewusst einatmen, was Gott uns gibt, und dieses überall hin ausatmen, wo es gebraucht wird. Wir können sogar die Qualität unseres Atems wählen, und diese Qualität ist abhängig vom Grad unserer Bewusstheit. Vergessen wir nicht, dass es eines gibt, was wir alle teilen: nämlich die Luft. Wir gleichen kosmischen Apparaten zur Transformation feinster Energien, aber ohne den Atem ist eine solche Transformation nicht möglich. Ohne den Atem kann es keine Reinigung des Lebens geben.

Die Menschen erkennen meistens nicht, dass aus jedem Augenblick heraus etwas geboren wird. Wenn es uns gelänge, den richtigen Atemrhythmus zu finden, der am natürlichsten ist und sich am exaktesten mit den universellen Gesetzen, von denen unsere ganze Existenz beherrscht wird, in Einklang befindet, hätten wir die Möglichkeit, an dem großen Werk mitzuwirken, diesem Planeten den Frieden zu bringen. Durch den Atem können wir dem Leben dienen, indem wir uns mit ihm in Einklang bringen.

Es gibt einen Atem aus dem Schoß des Augenblicks. Es ist der Atem, der aus der Matrix des Lebens kommt. Dem physischen Mutterschoß vergleichbar, enthält er die

Matrix der Möglichkeit des Lebens auf dieser Erde. Der gegenwärtige Augenblick ›pulsiert‹, dehnt sich aus und zieht sich zusammen, entsteht und vergeht gleich wieder. Alles entsteht aus dem rhythmisch pulsierenden Schoß des Augenblicks. Dieser Rhythmus erzeugt auch die Schwingungswellen und die feinen formbildenden Welten, die diese stoffliche Welt der Formen wechselseitig durchdringen. Alle diese Welten durchdringen sich gegenseitig mit jeweils unterschiedlicher Schwingungsfrequenz. Und von der Schwingungsfrequenz hängt alles ab, genau wie Töne Muster erzeugen und diese Muster ihrerseits Formen. Mit Hilfe einer verfeinerten Qualität unseres Atems können wir uns auf die höheren Schwingungsfrequenzen einstimmen. Im »Hier und Jetzt« sind unbegrenzte Möglichkeiten enthalten. In diesem Atem, den ich »Mutteratem« nenne, ist die ganze Oktave des Lebens enthalten. Durch jeden Akt der Liebe und durch jeden bewussten Atemzug, den wir tun, wird ein Kind geboren – vielleicht nicht ein physisches Kind, aber dennoch ein wirkliches Kind. Und darin, dass wir durch Liebe und unseren Atem in jedem Augenblick unseres Lebens etwas Neues in die Welt bringen können, liegt eine große Verantwortung.

Der Augenblick

MUHYIDDIN IBN ARABI

Der Augenblick wird länger oder kürzer entsprechend
dem Bewusstsein desjenigen, der ihn erlebt. Es gibt
Menschen, deren Augenblick eine Stunde, einen Tag,
eine Woche, ein Jahr oder die ganze Lebenszeit umfasst.
Und zur Menschheit gehören auch solche, für die
es keinen Augenblick gibt, denn wer aufmerksam
auf jeden seiner Atemzüge achtet, der hat die Stunden
in seiner Gewalt und alle längeren Zeiträume auch.
Aber der, dessen Augenblick das Bewusstsein
der Stunden ist, der verliert die Atemzüge.
Und der, dessen Augenblick die Tage sind, der verliert
die Stunden. Und der, dessen Augenblick die Wochen
sind, der verliert die Tage. Und der, dessen Augenblick
die Jahre sind, der verliert die Monate, und der,
dessen Augenblick sein ganzes Leben ist, der verliert
die Jahre. Und der, für den es keinen Augenblick gibt,
der hat gar keine Lebenszeit und er verliert auch
das Leben nach dem Tod.

Der Rhythmus des Universums

*Wenn Sie im gegenwärtigen Augenblick leben,
sind Sie jederzeit wach für den Rhythmus der Oktave.*

JEDES LEBEWESEN WIRD IN DIESE WELT GEBOREN IM
Grundrhythmus des Atmens seiner Mutter im Augenblick
der Empfängnis. Wenn Sie in Schönheit atmen, entsteht
ein Rhythmus, und dieser Rhythmus ist in Harmonie mit
Ihrem eigenen Wesen und mit der Natur selbst. Damit
ist der Lebensrhythmus gemeint, in den wir mehr oder weniger bewusst einstimmen können. Weil die Übung des
7-1-7-Atmens eine so besondere Art ist, zu Harmonie zu
gelangen, wird sie heute in vielen Bereichen angewandt
und ist zum Beispiel in Krankenhäusern oder bei der Ge-
burtshilfe von unschätzbarem Wert.

Niemand erwartet, dass Sie die Bedeutung des 7-1-7-
Atmens in wenigen Tagen verstehen. Manchmal fällt diese
Übung den Menschen schwer, weil sie sich zu sehr
anstrengen. Tatsache ist, dass der 7-1-7-Rhythmus im
Universum ohnehin ständig präsent ist und dass das
Atmen in diesem Rhythmus zusammenhängt mit dem
natürlichen Pulsieren des Schoßes des Augenblicks. Die
Lehre des 7-1-7-Atmens, oder das Gesetz der Oktave, geht
mindestens bis auf 2700 Jahre vor Christus zurück und
wurde mitunter in Geheimwissen überliefert. Man kann
es beispielsweise in den Hieroglyphen der ägyptischen
Pyramiden sehen. Wie auch immer, es handelt sich um ein
kosmisches Gesetz, und zwar ein unglaublich schönes,
wenn man es einmal verstanden hat. Doch es liegt auch ein

Rätsel darin. Wenn Sie versuchen, es zu begreifen, tun Sie das mit Ihrem Denken – aber damit werden Sie es nicht verstehen. Die Antwort lautet: Sie müssen es tun!

Das Erste, was es zu lernen gilt, ist, dass es keine Rolle spielt, wie langsam oder wie schnell man atmet. Es geht darum, diesen natürlichen Rhythmus zu etablieren, der die Oktave des Lebens ist. Alles bewegt sich entlang dieses wunderbaren Wellenbandes von *Do-Re-Mi-Fa-Sol-La-Ti, Do-Re-Mi...* Sie atmen einfach sieben Taktschläge lang ein; dann folgt eine Pause. Aber Sie stoppen nicht – es ist eher so, als beugten Sie sich in die nächste Welle des Meeres, oder, für die Tänzer unter Ihnen, so wie jenes unglaubliche Gefühl in genau der ›Pause‹, in der Sie von einer Bewegung in die nächste wechseln. Es ist viel schwieriger, darüber zu sprechen, als es selbst zu erleben. Sie atmen sieben Taktschläge lang ein, pausieren einen Schlag, atmen sieben Taktschläge aus, pausieren einen Schlag und wieder von vorn. Das Ganze ist eine gleichmäßige Bewegung.

Ich kann mich an eine meiner Studentinnen erinnern, die das alles um jeden Preis verstehen wollte – und solange man nicht verstehen *will,* gibt es keinen Grund, weshalb man es verstehen sollte. Also entschloss sie sich, ihre Sommerferien mit einer Wanderung quer durch Frankreich und im beständigen 7-1-7-Atmen zu verbringen. Am Urlaubsende verstand sie, was es bedeutet. Als ich diesen Rhythmus in meinen frühen Zwanzigern lernte, taten wir nichts anderes, als ein- und auszuatmen und zu zählen. Als das ganz selbstverständlich wurde, brauchten wir auch nicht mehr zu zählen – der Rhythmus war einfach da.

Wenn Sie im gegenwärtigen Augenblick leben, sind Sie jederzeit wach für den Rhythmus der Oktave. So als stünden Sie im Meer, wo die Wellen kommen und gehen.

Das ist die eigentliche Bedeutung des Ausdrucks »Meister der Zeit sein«. Sie können die Zeit *beobachten* und in ihr *sein;* ja Sie können sogar wählen, welches von beiden Sie möchten. Sie werden nicht länger von der Zeit tyrannisiert werden. Aber es verlangt Übung und liebevolle Aufmerksamkeit, bis es schließlich zu einem Tanz wird, zu etwas sehr Schönem. Dann wird es Ihnen problemlos möglich sein, ein Gespräch zu führen oder zu tun, was immer Sie gerade tun, und dabei im 7-1-7-Atem zu bleiben. Für einige Menschen allerdings bleibt es ein Mysterium.

❧

Alles ist im Göttlichen Atem enthalten

MUHYIDDIN IBN ARABI

Alles ist im Göttlichen Atem enthalten
Wie der kommende Tag in der Morgendämmerung.
Das anschaulich vorgeführte Wissen
Ist dem Schlafwandelnden wie eine Morgenröte;
So dass er wie ein Traumbild sieht, was ich gesagt habe,
Das Sinnbild Göttlichen Ausatmens,
Was nach der Finsternis alle Bedrückung von ihm
    nimmt.
Einst hat Er Sich jenem enthüllt, der kam,
    einen Holzscheit zu suchen,
Und der Ihn sah wie ein Feuer, während Er doch
    ein Licht in den geistigen Königen und in den
    Reisenden ist.

Wenn du meine Worte verstehst, weißt du, du brauchst
die erscheinende Form:
Wenn Moses etwas anderes als das Feuer gesucht hätte,
hätte er Ihn darin gesehen, und nicht umgekehrt.

꿏

Der Mutteratem

Eine Übung

DIE ATEMÜBUNG, DIE ICH VERMITTLE, BASIERT AUF
einem natürlichen Rhythmus, der manchmal als »Mutteratem« bezeichnet wird. Es ist der Rhythmus 7-1-7-1-7. Er
beruht auf einem der großen kosmischen Gesetze, dem
Gesetz der Oktave. Ouspensky hat im Buch *Auf der Suche
nach dem Wunderbaren* ausführlich darüber geschrieben.

Die Übung besteht darin, sieben Taktschläge lang einzuatmen, einen Schlag zu pausieren, bis sieben zählend auszuatmen und wieder einen Schlag zu pausieren. Nicht die
Dauer der Atemzüge ist entscheidend, sondern der Rhythmus. Jeder Mensch hat sein ganz eigenes Tempo und sollte bei dem bleiben, was sich für ihn natürlich anfühlt.

Anfangs kann es schwierig sein, in diesen Rhythmus zu
kommen. Wenn unser Atem nicht in Harmonie mit dem
Pulsschlag des Universums ist, bedarf es einiger Übung, bis
wir zu dem zurückfinden, was eigentlich immer schon
unser ist. Der Schoß des Augenblicks *pulsiert* in einem bestimmten Rhythmus, und diesem Rhythmus gleichen wir
uns durch die Übung des 7-1-7-Atmens an.

Das Atmen ist für uns so selbstverständlich, dass wir es nur selten wahrnehmen. Diese Übung hat mehrere Dimensionen, doch zunächst kommt es darauf an, den Atem in Dankbarkeit für dieses Leben von Augenblick zu Augenblick zu verfolgen. Wir folgen dem Atem, wie er durch die Nase einströmt und wieder ausströmt, und gewöhnen uns an den Rhythmus von 7-1-7-1-7.

Dann können wir mit der Lenkung des Atems beginnen. Wir haben in uns etwas, das manchmal »der Kessel« genannt wird; denken wir dabei an einen Alchimistenkessel, in dem die Verwandlung unedler Metalle in Gold stattfindet. Wir stellen uns den Kessel im Solarplexus vor und atmen in diese Gegend ein.

Beim Einatmen kommt es nicht nur darauf an, bewusst zu sein, sondern sozusagen auch eigennützig. Damit meine ich: Wir müssen es in der Absicht tun, all das aufzunehmen, was wir *brauchen,* damit die Verwandlung stattfinden kann. Wir können beispielsweise Erdenergie einatmen oder magnetische Energie, Farbe, die Schwingungen der Mineralien oder des Pflanzenreiches. Es ist durchaus möglich, aus allen Richtungen gleichzeitig in dieses Zentrum zu atmen. Es sollte eine freudige Erfahrung sein, die uns mit Staunen erfüllt über dieses herrliche Geschenk, lebendig zu sein.

Danach geht es um das Ausatmen. Was wir beim Einatmen aufgenommen haben, muss beim Ausatmen der wartenden Welt gegeben werden. Beim Ausatmen verlagern wir unsere Aufmerksamkeit vom Solarplexus zur Mitte der Brust. Wir visualisieren, wie unser Atem als Licht von diesem Zentrum her in alle Richtungen ausstrahlt. Jeder kann diesem Licht seine ganz besondere Liebe, seine guten Wünsche für alle Geschöpfe Gottes mitgeben. Ich vergleiche dieses Herzzentrum manchmal mit einem Leuchtturm für alle vom Kurs abgekommenen Wahrheitssucher der Welt.

Wir haben also den folgenden Ablauf: Beim Einatmen, bis sieben zählend, all das aufnehmen, was für den Wandlungsprozess notwendig ist. Beim Pausieren lassen wir die Aufmerksamkeit vom Solarplexus zum Brustzentrum wandern und *strahlen,* erneut bis sieben zählend, Licht aus, um dann wiederum für einen Taktschlag zu pausieren. Danach beginnt der Zyklus von neuem.

Mit der Zeit geht uns diese Übung in Fleisch und Blut über, und dann stellen wir auf einmal fest, dass wir immer häufiger zur rechten Zeit am richtigen Ort sind und von Tag zu Tag ›nützlicher‹ werden. Der Weg des Sufis wird auch »der Pfad der Liebe, des Mitgefühls und des Dienens« genannt. Wenn die Übung für uns zur zweiten Natur geworden ist, empfinden wir die wahre Herrlichkeit dieser Gnade des lebendigen Atmens. Dann wissen wir endlich, dass wir geliebt sind, denn Gott ist Liebe – und »es gibt keinen Gott außer Gott«.

Ich wünsche von ganzem Herzen, dass alle, die diese Botschaft hören, der Übung im richtigen Geist nachgehen mögen. Im Laufe der Jahre werden Sie bestimmt weitere Zusammenhänge in Erfahrung bringen und auf diesem Grundrhythmus des Universums – dem Mutteratem, in dem der Schoß des Augenblicks pulsiert – aufbauen können.

Betrachte dein Leben

AVICENNA

Betrachte dein Leben zwischen zwei Atemzügen.
Der Atem ist ein Wind, der kommt und geht.
Auf diesem Wind hast du dein Leben erbaut –
Doch wie könnte ein Schloss auf Luft bestehen?

❧

Ziel und Zweck

*Das eigentliche Ziel jeder Atemübung
sollte sein, Schritt für Schritt unser wahres Wesen
kennenzulernen.*

UM MIT IRGENDEINER SPIRITUELLEN ÜBUNG VORAN-
zukommen, ist es notwendig, sowohl unsere persönlichen
Absichten und Ziele zu hinterfragen als auch den Zweck,
der solchen Übungen zugrunde liegt. Egal ob in Atemübungen oder im Gebet: Wir sollten uns selbst wie auch
dem Rest der Welt die bestmögliche Gelegenheit verschaf-
fen zu dienen. Und dazu bedarf es des gesunden Motivs
und der richtigen Absicht. Sich für eine Atemübung einzig
und allein aus dem Grund zu entscheiden, eine angenehme halbe Stunde zu erleben, ist sinnlos.

Wir müssen uns fragen, ob wir an ein solches Unterfangen lediglich aus Eigennutz herangehen, oder ob wir uns genau überlegt haben, was Beweggrund und Zweck unserer Aktivitäten sind und welche Verantwortung wir übernehmen, wenn wir diese oder jene Atemübung erlernen. Man verfällt so leicht der Gewohnheit, sich einfach noch eine weitere Atem- oder sonstige Übung anzueignen. Wenn wir nicht bereit oder fähig sind, das, was eine solche Übung verlangt, auch wirklich zu Ende zu bringen, ist es vielleicht besser, das Projekt erst gar nicht in Angriff zu nehmen.

Wie ich immer wieder betont habe, beginnen und enden alle Lehren, die ich gebe, mit dem, was ich »die Kunst und Wissenschaft des Atems« nenne. Ich schreibe dies, weil ich Sie bitten möchte, sich aufrichtig zu fragen, ob Sie in einem bestimmten Augenblick – wie zum Beispiel *genau jetzt* – wirklich wissen, dass Sie leben. Und glauben Sie, es sei tatsächlich möglich, dies nur dadurch zu wissen, dass Sie darüber nachdenken? Schließlich sind wir, sobald wir aufhören zu atmen, in dieser Welt nicht mehr am Leben. Und doch leben wir hier, in dieser Welt, um zu lernen und eines Tages zu wissen, wer wir sind und was der Zweck des Lebens auf der Erde ist.

In diesem Verständnis kann man sagen, dass das eigentliche Ziel jeder Atemübung sein sollte, Schritt für Schritt unser wahres Wesen kennenzulernen. Auch wenn die Übungen im Grunde sehr einfach sein mögen, braucht es sie. So wie ein Bauer sein Feld erst pflügen und bestellen muss, bevor er anpflanzen kann, was er schließlich ernten wird, müssen wir zunächst an uns selbst arbeiten, um fähig zu werden, »ins Sein zu kommen«, und um das für den

Prozess der bewussten (statt nur der organischen) Evolution so grundlegende wahre Wissen zu erhalten. Auch die organische Evolution wird gebraucht; aber für wirkliche Veränderung in uns und in unserer Welt ist bewusste Evolution unabdingbar – und sie ist möglich.

Unglücklicherweise ist es allzu einfach, »Ziel und Zweck« nur von unserem intellektuellen Zentrum her und mittels ›intelligentem‹ Denken verstehen zu wollen – aber das reicht *nicht* aus. Falls das wahre Ziel dieser Lehren für uns tatsächlich eine tiefgreifende Bedeutung haben soll, muss uns das Verlangen nach wirklicher statt nur scheinbarer Veränderung in uns und der Welt um uns herum ein dringendes *Anliegen* sein. Es muss uns sehr am Herzen liegen. Und dazu müssen wir wirklich lieben.

Erst wenn wir mit unserem bisherigen Leben nicht mehr zufrieden sind und nicht länger Zustimmung zu unserer Selbstgerechtigkeit erheischen wollen, können wir beginnen, uns umzudrehen und Folgendes einzusehen: Solange wir unfähig bleiben, unsere eigenen Gefühle und Emotionen zu kontrollieren, und solange uns ein beständiges ›Zentrum‹ oder ein dauerhaftes ›Ich‹ fehlt, macht allein das Herumlaufen auf zwei Beinen uns noch lange nicht zu entwickelten menschlichen Wesen. Vielleicht haben wir bis anhin relativ gut funktioniert, haben einen anständigen Job, haben Karriere gemacht, eine Familie gegründet, Kinder großgezogen und so weiter – aber *wissen wir, wer wir sind?* Das ist die entscheidende Frage.

Meistens ist es der Schmerz, den wir in unserem Lebensgepäck mit uns herumschleppen, der uns schließlich an den Punkt der Umkehr nach unserem wahren Zuhause bringt. Haben wir uns erst einmal umgedreht, benötigen wir dieses Reisegepäck nicht mehr. Und das mächtigste

Werkzeug, das uns dabei helfen kann, den Inhalt bewusst in etwas Nützliches zu transformieren, ohne den Koffer selbst zu verlieren, ist die Kunst und Wissenschaft des Atems.

Normalerweise rate ich den Menschen, die meine Bücher aufschlagen, zu meinen Vorträgen kommen oder gar meine Schule besuchen, sich niemals zu unterschätzen. Ich erwähne dies, weil, falls es tatsächlich Bestimmung war, die uns zusammengebracht hat, es in jedem von Ihnen ganz sicher etwas gibt, was sowohl sucht als auch bereits ›weiß‹. »Wonach du schaust, ist das, was schaut.« Wenn dasjenige, das weiß, den richtigen Weg findet, schmilzt die Trennung Schritt für Schritt dahin. »Licht über Licht. Gott führt diejenigen, die Er will.«

❦

Deine wahre Bestimmung

Jalaluddin Rumi

Wenn du dich selbst beim Geliebten findest
und ihr euch in einem Atemzug umarmt,
in dem Augenblick entdeckst du
deine wahre Bestimmung.

❦

Kreuz, Dreieck und Kreis

Eine Übung

Wer mit inneren Übungen arbeitet, beispielsweise mit Meditation, weiß, wie schwierig es manchmal sein kann, sich still hinzusetzen und einfach nur dem Atem zu folgen. Und doch ist es, wenn man durchhalten will, in der Tat notwendig, jeden Tag ein wenig Zeit mit Atemübungen zu verbringen. Und das bedeutet zu versuchen, die Aufmerksamkeit auch nicht für die Dauer *eines einzigen* Atemzugs zu verlieren.

In jenem buddhistischen Zentrum, in welchem ich in meinen jungen Jahren den Atem studierte, war die erste Anweisung, die man mir gab, diese: Ich sollte nichts anderes tun, als jeden Tag sechs Stunden lang zu atmen! Logischerweise begannen meine Gedanken, im ganzen Kloster umherzuschweifen, und trafen auf die eigenartigsten Teufelchen. Aber ich vertraute dem Lehrer, Trungpa Rinpoche, einem der damals bekanntesten tibetanischen Buddhisten. Dieses Vertrauen ließ mich durchhalten.

Um Ihnen beim Konzentrieren auf den Atem zu helfen, möchte ich Ihnen eine kleine Übung geben. Es handelt sich um einen ›alten Trick‹, der nicht aus unserer eigenen Schule stammt. Es ist ein sehr nützlicher und ungefährlicher Tipp. Ich würde niemals eine Übung empfehlen, die gefährlich sein kann. Diese hier ist zwar auch nicht ganz einfach, aber sie kann helfen. Versuchen Sie, sie fünfzehn Minuten lang durchzuführen, ohne Ihre Aufmerksamkeit für die Dauer eines einzigen Atemzugs abschweifen zu lassen. Für die Vorbereitung der Übung benötigen Sie drei Bogen Papier oder Pappe sowie einen schwarzen Filzstift. Zeichnen Sie auf den ersten Bogen ein gleichschenkliges Kreuz, auf den zweiten ein gleichseitiges Dreieck und auf den dritten einen Kreis.

Setzen Sie sich in einem Abstand von etwa zwei Metern vor die erste Karte und versuchen Sie, sich fünf Minuten lang auf das Kreuz zu konzentrieren, während Sie gleichzeitig Ihren Atmen beobachten. Das Kreuz wird anfangen, sich zu bewegen und sich eigenartig zu verhalten. Aber Sie lassen sich nicht stören und machen weiter. »Wenn ein Hund hereinkommt und Sie ins Bein beißt, beißen Sie nicht zurück«, Sie fahren fort. Falls das Kreuz Sie anspringt und Ihre Nase kitzelt, verscheuchen Sie es nicht wie eine Wespe, machen Sie einfach weiter. Das Kreuz steht für einen Aspekt von uns, den wir den »Gefühlskörper« nennen könnten. Ihre ununterbrochene Konzentration auf dieses Kreuz wird Ihnen dabei helfen, Ihren emotionalen Körper ins Gleichgewicht zu bringen.

Als Nächstes tun Sie dasselbe mit dem gleichseitigen Dreieck. Dieses repräsentiert den mentalen Körper. Atmen Sie wiederum fünf Minuten lang bewusst und konzentrieren Sie sich auf das Dreieck. Sie werden feststellen, dass Ihnen an einem Tag die Konzentration auf das Dreieck sehr schwer fällt, an einem anderen Tag hingegen das Kreuz eine besondere Herausforderung darstellt. Wie auch immer, üben Sie weiter. Indem Sie Ihr Bestes geben – und mehr als das können Sie nicht tun – und weiteratmen und dabei im Idealfall sogar noch lächeln, wird Ihnen diese Übung helfen, das 7-1-7-Atmen mit viel größerer Leichtigkeit anzugehen und schließlich sogar in diesen wunderbaren Ort der Stille durchzubrechen, an dem Sie keine Unterstützung mehr brauchen, weil Sie geatmet werden.

Schließlich tun Sie dasselbe während fünf Minuten mit dem Symbol des Kreises, was schwieriger ist. Wenn Sie sich auf ihn konzentrieren, müssen Sie an einem Ort in sich selbst sein, von dem aus Sie den Kreis nicht anstarren. Auf eine gewisse Weise schauen Sie den Kreis an *und* der Kreis schaut Sie an. Es gibt keine Trennung. Dann werden Sie spüren, dass sich die Atmosphäre von Grund auf verändert, sie wird viel intensiver.

Diese kleine Übung ist nützlich, aber werden Sie nicht besessen von ihr. Bei Trungpa Rinpoche mussten wir sie acht Monate lang jeden Tag machen, ohne Ausnahme. Aber das war damals in jener speziellen Schule; und so würde ich nicht empfehlen, dass Sie sie ohne Unterbruch acht Monate ausführen. Doch es ist eine Übung, auf die Sie immer zurückgreifen können, wenn Sie Schwierigkeiten haben, sich dem Atmen und dem Meditieren zu widmen.

Erfahrung entspringt dem Atem

Vijnana Bhairava

Der mit allen Wesen Vertraute sprach:

Geliebter, deine Fragen verlangen nach Antworten,
Die aus der unmittelbaren lebendigen Erfahrung
   stammen.

Der Weg der Erfahrung entspringt dem Atem,
Etwa einem solchen, den du jetzt atmest.
Das Aufwachen in die leuchtende Wirklichkeit
Mag einsetzen im flüchtigen Pulsschlag
Zwischen zwei Atemzügen.

Der Atem strömt ein, und genau wenn er umkehrt
Um wieder hinauszufließen, blitzt die wahre Freude auf –
Das Leben wird erneuert. Dahinein erwache.

Ist der Atem befreit und ausgeströmt,
Schlägt der Puls zur Umkehr, und er kommt zurück.
In dieser Umkehr bist du leer.
Trete ein in diese Leere, in die Quelle allen Lebens.

❧

Einatmen – ausatmen

Ist der Atem gehemmt, ist das Leben gehemmt.

GEDULD IST GANZ GEWISS EINER DER NAMEN GOTTES.

Für mich war dies eine der schwierigsten Lektionen. Wir alle hier im Westen leiden an einer Krankheit namens Erwartung, und diese Krankheit wird uns durch Erziehung und Schule geradezu eingeimpft. Wir müssen Prüfungen bestehen und guten Noten nachjagen, und irgendwo, hinter der nächsten Ecke, sollte dann doch wohl gefälligst der Lohn für alle Mühen auf uns warten. Jeder weiß, dass Geld nicht zwingend Glück und Zufriedenheit bringt, und doch basiert unser ganzes System auf dessen Erwerb. Ganze Gesellschaften können heute an den Zuckungen der Börse zugrunde gehen – welch ein absurder Zustand! Wie also können wir unser Denken so umstellen, dass uns der Pfad der Transformation und die Verantwortung, die wir tragen, deutlich werden? Eine wichtige Frage.

Wir atmen lediglich ein, um wieder auszuatmen. Es ist relativ leicht, sich des Einatmens bewusst zu sein. Wir alle atmen gern Wohlgerüche ein oder Seeluft. Wir können auch die Leidenschaft des Augenblicks einatmen. Wir können uns eine Farbe visuell vergegenwärtigen und uns von ihr durchstrahlen lassen. Wir können Kraft und Mut einatmen. Wir vermögen, die Zartheit einer Blüte beim Einatmen zu spüren.

Doch das Einatmen besitzt noch einen anderen Aspekt: Wenn wir nicht wach sind, können wir auch die Folgen unserer eigenen negativen Emotionen und Gedanken einatmen, ganz zu schweigen von der Negativität anderer. Wir atmen Gedanken ein, die sich an die Feuchtigkeit der Atemluft heften.

Lassen Sie es mich so erklären: Wenn wir einen Raum betreten, atmen wir alle dieselbe Luft. Würde man die Luft etwa vor und nach einer geschäftlichen Konferenz untersuchen, so würde man wohl erhebliche Unterschiede feststellen. Die Atmosphäre ändert sich, sie wird von der Feuchtigkeit der Atemluft geschaffen. Die Atmosphäre in einer Kirche, einer Moschee oder einem Tempel hat normalerweise eine gute und reine Schwingung. Die Menschen beten hier in Demut um das, was nottut. Und in ihren Gebeten und Gesängen, also beim Ausatmen, preisen sie Gott. Ihr Atem geht ungehemmt und erfüllt ihre Welt mit Liebe und Licht. In einer Atmosphäre, die vom Vorteilsdenken beherrscht ist, wird endlos geredet und gezerrt, aber die Haltung des Gebens fehlt. Hier kann es keine Ausgewogenheit, kein Gleichgewicht geben, und deshalb ist es so wichtig, dem Ausatmen Beachtung zu schenken. Das Leben gibt uns so viel, und mit dem Atem können wir etwas zurückgeben, unseren Freunden und der Erde selbst.

Wenn Sie die Arme ausbreiten und dann im Bogen anheben, bis die Hände sich über dem Kopf berühren, um die Arme dann schließlich vor der Brust bis in die Waagerechte sinken zu lassen, haben Sie gleichsam Ihr Universum umrissen. Mit anderen Worten: Ihr Universum ist durch die Reichweite Ihrer Arme definiert. Stellen Sie sich vor, Ihre Hände seien Verlängerungen Ihres Herzzentrums und Sie könnten ebenso durch die ausgestreckten Hände wie durch die Nase atmen. Sie könnten dann ein Blatt oder eine Blüte berühren und einatmen und von dieser

Schönheit durchdrungen werden. Danach könnten Sie die Essenz dieser Schönheit wieder ausatmen und Ihr Universum mit Liebe und Licht füllen. Wirklich, Sie haben etwas zu geben.

Wenn wir ehrlich sind, haben die Schwingungen, die wir ausatmen, zunächst leider keine allzu große Reichweite; sie füllen nicht einmal unser kleines Armlängen-Universum aus. Es ist, als hätte das Leben uns irgendwie erstickt und erdrückt, festgefrorener Schmerz überall. Aber wenn wir Schönheit einatmen, kann der Schmerz verwandelt werden, und was wir dann ausatmen, ist rein und strömt frei hinaus in eine wartende Welt.

Was geschieht zwischen Einatmen und Ausatmen? Die Wirklichkeit des Augenblicks steht genau in der Mitte zwischen diesen beiden Atemströmen, und nur wenn sie in wirklicher Ausgewogenheit fließen, wird uns offenbar, was dort verborgen liegt. Wo diese Ausgewogenheit fehlt, bleibt das, was sich befreien möchte, in unserem Herzen eingeschlossen. Deshalb ist das bewusste Atmen so wichtig. Wir mögen im Kopf noch so viele Begriffe umwälzen, aber dadurch öffnen sich die Türen des Verlieses nicht.

Das wurde mir zum ersten Mal klar, als ich in einem Zen-Kloster in Japan lebte. Ich war jung, und vielleicht war mir die Ausgewogenheit des Atems einfach noch nicht wichtig genug; jedenfalls habe ich mich dieser Aufgabe damals noch nicht mit der nötigen Entschlossenheit gewidmet. Jahre später nahm ich an einer Klausur in einem Kloster des tibetischen Buddhismus teil. Ich war voller Erwartung und hatte mir fest vorgenommen, diesmal eine Antwort auf meine Fragen zu finden. Wenn wir eine persönliche Unterredung mit dem Lama wünschten, so wurde uns nach der Ankunft mitgeteilt, sollten wir uns in eine

Warteliste eintragen. Damit sicherten wir uns zwanzig Minuten seiner kostbaren Zeit. Ich trug mich sofort ein, und ein paar Tage später wurde mir mitgeteilt, wann ich den Lama aufsuchen dürfe.

Ich weiß noch gut, dass ich den Raum des Lama mit sehr gemischten Gefühlen betrat – Erwartung und nackte Angst. Er saß auf einem Kissen und bedeutete mir, ihm gegenüber Platz zu nehmen. Er sprach kaum Englisch, was die Sache nicht gerade leichter machte. Ich versuchte, meine Probleme zu erklären. Er schaute mich an, lächelte und nickte eifrig. Ich glaube nicht, dass er auch nur ein Wort verstand, aber das machte offenbar nichts. Gegen Ende meiner zwanzig Minuten sagte er: »Sehr gut. Du nur einatmen, um wieder auszuatmen. Heute anfangen. Sechs Stunden bitte.« Die Unterredung war beendet.

Ich ging in mein kleines Zimmer zurück und versuchte, mich mit dem Gedanken vertraut zu machen. Dafür war ich also so weit gereist, dass ich jetzt für geschlagene sechs Stunden am Tag sitzen und einfach nur atmen sollte. Weitere Erläuterungen gab es dazu nicht. Ich wusste noch nicht einmal, was die Lotos-Sitzhaltung war, und Stühle gab es in der Meditationshalle natürlich keine.

Etwa fünfundzwanzig Leute hielten sich im Kloster auf, und außerdem waren etliche Lamas zu Besuch. Sie begannen um vier Uhr morgens mit ihren Rezitationen, und dann hatten wir aufzustehen und uns unserer Übung zu widmen. Ich hatte keine Ahnung, was da rezitiert wurde. Alle Augenblicke wurden irgendwelche Glocken und Gongs angeschlagen. Es kam mir alles sehr absonderlich vor, aber nach einigen Tagen fand ich allmählich in den Rhythmus hinein und entdeckte die friedliche Stille in all dem Geschehen.

Diese sechs Stunden Atmen machten mir allerdings immer noch Kummer. Zum Glück hatte man mir ein festes, rundes Sitzkissen gegeben, und ich wusste, dass ich meinen Rücken so gerade wie möglich halten musste. Also fasste ich mir ein Herz und ging hinunter in die Halle. Hier war es ziemlich schummrig, nur einige Kerzen verbreiteten etwas Licht. In der Luft hing schwer der Duft von Räucherwerk. Im Halbdunkeln sah ich etwa zehn andere Leute dasitzen, vermutlich atmend. Es war nicht ganz einfach, sich unbefangen in solch einer Situation zurechtzufinden.

Ich wurde das Gefühl nicht los, überhaupt nicht zu wissen, worum es ging, aber dann schloss ich die Augen und fing einfach an. Einatmen. Ausatmen. Ich weiß nicht mehr, wie lange ich dort an diesem ersten Tag gesessen habe. Ich dachte mir, es sei wohl in Ordnung, die sechs Stunden nicht an einem Stück abzusitzen. Die Beine schliefen mir ein, der Rücken tat weh – und es geschah überhaupt nichts. Nicht dass ich irgendetwas Bestimmtes erwartet hätte, aber ich war doch voller Erwartung, und es tat sich rein gar nichts: keine Lichterscheinungen, keine Erkenntnisblitze. Nur ein anhaltendes Grummeln im Bauch, denn das Essen war gar nicht nach meinem Geschmack.

Ich überstand den ersten Tag und raffte mich am nächsten Morgen tapfer auf zu einem erneuten Anlauf. Zum Glück hatte ich wenigstens jemanden gefunden, mit dem ich sprechen konnte und mit dem ich am Abend spazieren ging. Er war Engländer wie ich, unterzog sich dieser Schulung jedoch schon seit einigen Jahren. Er war sehr höflich und geduldig und riet mir durchzuhalten.

Ich hielt also eine volle Woche durch, sechs Stunden Einatmen und Ausatmen am Tag, und bat dann erneut

um ein Gespräch mit dem Lama. Diesmal war ein Übersetzer zugegen, und das war eine große Hilfe. Ich erklärte,
so ruhig ich konnte, dass ich geatmet hätte, mich aber nur
mit Mühe wach halten könne, ständig von Gedanken be-
drängt würde und bislang noch nichts erreicht hätte.
»Aha«, sagte der Lama. »Sehr gut. Jetzt bitte acht Stunden
am Tag.« Der Übersetzer lächelte, der Lama lächelte, und
ich versuchte es auch. Jetzt also acht Stunden in dieser
Halle sitzen, schweigende Gestalten um mich her, und
diese zum Schneiden dicke, rauchgeschwängerte Luft. In
meinem Zimmer musste ich mich erst einmal von diesem
Schlag erholen.

Aber dann wurde die folgende Woche doch ganz anders.
Erwartung war wie weggeblasen. An ihre Stelle trat ab-
grundtiefe Langeweile! Gewiss, das Atmen wurde leichter,
die Balance besser, aber acht Stunden am Tag sitzen, das
war wirklich hart. In der nächsten Woche verlängerte
der Lama meine Sitzzeit noch einmal, und jetzt begann
irgendetwas, sich zu ändern. Mir war, als halluzinierte ich.
Alle Furcht, alle Schuldgefühle, die ich je gehabt hatte,
krochen an mir hoch. Ängste verdichteten sich zu greifbar
wirklichen Dingen; ich war felsenfest überzeugt, dass sich
in meinem Zimmer Schlangen und Tiger herumtrieben.
Ich befand mich im Dschungel. Schließlich hielt ich diese
grauenhaften Zustände nicht mehr aus und bat dringend
um eine weitere Unterredung mit dem Lama. Diesmal
wirkte er noch vergnügter, lächelte und nickte begeistert,
als ich ihm meine Geschichte unterbreitete. Am Schluss
lachte er laut und sagte: »Sehr gut, sehr gut! Nur weiter!«

Also gut, weiter. Und ganz allmählich wichen die Ängste,
und der Atem bekam etwas Tänzerisches. Alte Gedan-
kenbilder wurden durch den gegenwärtigen Augenblick

erlöst und aufgelöst und verschwanden. Ich bekam einen Vorgeschmack darauf, was es heißt, »Meister des Atems« zu sein. Zeit bekam einen ganz anderen Sinn. Es gab sogar Augenblicke, in denen wirkliches Begreifen aufblitzte. Wenn ich dem Lama irgendwo auf dem Gang begegnete, verbeugte er sich lächelnd. Ich brauchte ihn nicht mehr zu sprechen. Ich wusste jetzt, wie recht er die ganze Zeit gehabt hatte.

Den heiligen Atem beten wir an

FRIEDENSEVANGELIUM DER ESSENER

Die dritte Kommunion
haltet mit dem Engel der Luft,
der den Geruch süßduftender Felder ausbreitet,
von Frühlingsgras nach Regen,
von sich öffnenden Knospen
der Rose von Sharon.
Wir verehren den heiligen Atem,
der höher ist
als alle erschaffenen Dinge.
Denn siehe,
der ewige, höchste Lichtraum,
wo die unzähligen Sterne regieren,
ist die Luft, die wir einatmen,
und die Luft, die wir ausatmen.
Und im Augenblick
zwischen Einatmen und Ausatmen

liegen alle Mysterien
des unendlichen Gartens verborgen.
Engel der Luft,
heiliger Bote der Erdenmutter,
dringe tief in mich ein,
wie die Schwalbe vom Himmel herabstürzt,
damit ich das Geheimnis des Windes erfahre
und die Musik der Sterne.

❧

Atmen im Stehen

Eine Übung

ZWECK DIESER ÜBUNG IST ES, DEN FLUSS DER LEBENS-
kraft und die Konzentrationsfähigkeit zu fördern. Außerdem kann sie helfen, blockierte Kanäle in den ätherischen oder feinstofflichen Körpern zu öffnen. Besorgen Sie sich eine ungefähr 30 mal 30 Zentimeter große, weiße Pappe oder ein dickeres Papier, in dessen Mitte Sie einen kreisrunden, schwarzen Punkt malen etwa von der Größe einer Zwei-Euro-Münze und möglichst mit einem feinen schwarzen Filzstift, damit der Rand scharf wird. Hängen Sie das Blatt an eine Wand, den Punkt in Augenhöhe, an einer Stelle, an der Sie in etwa 1,80 Meter Entfernung davorstehen können. Die Übung sollte nur zwölf Atemzyklen lang und vorzugsweise vor den Mahlzeiten gemacht werden.

Ferner brauchen Sie zwei ungefähr 25 Zentimeter lange, drei bis vier Zentimeter dicke Holzstäbe, zum Beispiel

Stücke eines alten Besenstiels. Diese Stäbe werden mit der Zeit sehr viel magnetische Energie speichern, weshalb man sie nicht unachtsam in der Gegend herumliegen lassen sollte. Schlagen Sie sie jeweils am Ende der Übung sorgfältig in ein Tuch und verwahren Sie sie an einem sicheren Platz.

Bringen Sie, bevor Sie beginnen, Ihre Energie etwas in Gang, indem Sie sich bewegen, strecken und Dehnübungen machen. Dann stellen Sie sich, in jeder Hand einen Stab, etwa 1,80 Meter vor den Punkt. Die Arme hängen locker herunter. Ihr Körper ist möglichst wach und auf dem Sprung, aber dennoch entspannt. Ihr Rücken ist gerade.

Die Füße stehen eine Handbreit auseinander. Wenn gerade mehr Energie durch Ihr rechtes Nasenloch fließt, stellen Sie den rechten Fuß ein paar Zentimeter weiter vor als den linken. Fließt mehr Energie durch das linke Nasenloch, kommt der linke Fuß nach vorn. Sind beide Nasenlöcher frei und der Atem gleichmäßig, stehen die Füße auf gleicher Höhe.

Konzentrieren Sie sich auf den Punkt an der Wand und kommen Sie in den 7-1-7-Atem. Während Sie sieben Taktschläge lang in den Solarplexus einatmen, lösen Sie langsam die Fersen vom Boden und erheben sich in den Zehenstand. Gleichzeitig drücken Sie die beiden Stäbe in Ihren Händen immer fester – beim siebten Schlag so fest Sie können – und halten den Druck noch einen Taktschlag lang. Der übrige Körper sollte ganz entspannt sein, auch die Oberarme.

Dann atmen Sie sieben Taktschläge lang aus dem Herzzentrum Licht in alle Richtungen aus. Entspannen Sie dabei allmählich Ihre Hände und Handgelenke und senken Sie Ihre Füße ab, bis diese wieder ganz auf dem Boden stehen. Wiederholen Sie diesen Zyklus zwölfmal. Dann recken und strecken Sie sich ein bisschen und wenden sich wieder Ihrem Alltag zu.

❧

Seinen Atem erflehe ich

ZUNI-INDIANER

Ich erflehe den Atem des Göttlichen Einen,
Seinen Atem, der Leben und hohes Alter schenkt,
Seinen Atem der Wasser, der Saat und der Ernte,
Seinen Atem der Fruchtbarkeit, Stärke und Herzenskraft,
Seinen Atem allen guten Gelingens.

Seinen Atem erflehe ich,
ziehe ich in meinen warmen Körper und
atme ich mit dir, jetzt.

Lasst niemanden den Atem seiner Väter verachten,
sondern zieht ihren Atem in eure Körper,
auf dass eure Wege dort hinüberreichen,
wo unseres Sonnenvaters Pfad verläuft,
und ihr sie beschreiten möget bis ans Ziel,
einander haltend Hand in Hand.

Bis an jenes Ziel
atme ich mit dir, jetzt.

❧

Wie alles begann

»Du atmest nur ein, um auszuatmen.«

ICH MÖCHTE DIE PERSÖNLICHE GESCHICHTE MIT Ihnen teilen, wie ich zum ersten Mal von dieser Atemtechnik hörte und wie ich dann im Laufe meines Lebens verschiedene Menschen traf, die alle diesen speziellen Pfad auf die eine oder andere Art gefunden haben.

In meinem Fall begann alles, als ich noch ein kleiner Junge war. Während des Zweiten Weltkriegs mussten wir Kinder jeden Morgen zu Fuß in den Kindergarten gehen. Bei Regen, Schnee oder Sonnenschein, es spielte keine Rolle, marschierten wir zu diesem großen Haus, wo wir uns in unseren kurzen Hosen, die Hände hinter dem Rücken, in Reih und Glied aufstellen mussten und angestrengt versuchten, geradeaus zu schauen, während über uns die Luftschlachten zwischen den deutschen und englischen Kampfflugzeugen tobten. Es war uns nicht erlaubt, nach oben zu schauen oder irgendetwas zu beobachten. Wir mussten dort, die Augen nach vorne gerichtet, stehen und auf die unvermeidlichen Anweisungen warten.

Die Lehrerin, die diese Übungen anleitete, wurde als »Heilgymnastin« bezeichnet! Heute würde man sie wohl eine »Sportlehrerin« nennen. Ich erinnere mich gut, wie ich auf ihre makellos weißen Turnschuhe starrte und dann meinen Blick ihre Beine hochwandern ließ, die in dicken, braunen, nur bis zu ihren Knien reichenden Strümpfen steckten. Sie schien riesengroß, und weil sie stets ihr Kinn vorstreckte, war es schwierig, ihre Augen zu sehen. Kurz und gut, wir mussten verschiedene Leibesübungen ausführen und wurden dann aufgefordert, ganz ruhig dazustehen und sieben Taktschläge lang in den Solarplexus einzuatmen, eine Sekunde zu pausieren, aus der Mitte der Brust auszuatmen, um erneut zu pausieren. Diese Übung mussten wir bis zu fünfzehn Minuten wiederholen. In der Zwischenzeit donnerten die Kampfflugzeuge über unsere Köpfe hinweg, und ich tat mein Bestes, nicht jedes Mal zu kichern, wenn ich ihre weißen Schuhe betrachtete.

Für jene Lektionen im Kindergarten bin ich noch heute dankbar. Der nächste Schritt folgte für mich, als ich bei Chögyam Trungpa studierte, dem berühmten tibetanischen Rinpoche, der das erste wirklich große tibetanische Zentrum im Westen gegründet hatte. Es existiert noch heute und heißt Samyé Ling. Als ich für mein Aufnahmegespräch zu ihm ging, erwartete ich alle Arten von magischen Stufen der Erleuchtung. Stattdessen war alles, was er zu mir sagte: »Du atmest nur ein, um auszuatmen.« Dann wurde ich aufgefordert, in den Meditationsraum zu gehen, um diese Übung täglich viele Stunden lang zu praktizieren. Das Merkwürdige war, dass die Erinnerung an jene frühen Tage mit der Heilgymnastin irgendwie wieder in mir auftauchte.

Ich bin sicher: Wenn Sie diese Geschichten gelesen haben, beginnen Sie, die positiven Seiten des Erinnerns genauer zu betrachten.

Nach weiteren Jahren des Reisens traf ich eine Schülerin von Professorin Ilse Middendorf. Sie war zu jener Zeit bereits eine recht betagte Dame und ich war sehr berührt von dieser Frau – wie Jesus sagte: »An ihren Früchten sollt ihr sie erkennen«. Nach langen Gesprächen erfuhr ich, dass Professorin Middendorf selbst ihr Atemtraining im Alter von elf Jahren begonnen und später mit einer Gruppe von Leuten mit dem Namen »Mazdaznan« in Kontakt gestanden hatte.

Ich nehme an, dass es nichts Derartiges wie Zufall gibt, denn ein bisschen später, als ich 1973 in Los Angeles lebte, kam auch ich mit den Mazdaznan in Kontakt, und zwar durch einen italienischen Homöopathen, der mich nach Südfrankreich ins Zentrum des damals sehr bekannten Mikhael Aivanhov sandte. Zu jener Zeit war er der offizielle Meister der Großen Weißen Bruderschaft, die ihren Sitz in der nahegelegenen Stadt Frejus hatte (neben weiteren Zentren in Südamerika). Jedenfalls war ich ein eingeladener Gast und lebte in einem kleinen Häuschen direkt neben «Le Maître». Während der ersten Mahlzeit mit mehreren hundert Menschen, Le Maître saß auf einer Bühne am anderen Ende des Speisesaals, wurden wir zu meiner großen Überraschung alle gebeten, aufrecht zu sitzen in einem, wie ich es nennen würde, aktiv empfänglichen Zustand und fünfzehn Minuten lang – was zu tun? Im Rhythmus von 7-1-7-1-7 zu atmen!

Sie sehen also: Wenn unser Motiv und unsere Absicht gut sind, wird uns alles gegeben, was wir brauchen, um die Aufgabe zu erfüllen, in dieser Lebenszeit, dem einzigen Leben, das wir haben, bewusste Menschen zu sein.

Ein anderer Atem ist gekommen

Jalaluddin Rumi

Der Prophet sprach: »In diesen Tagen hat Gottes Atem
  den Vorrang:
Halte Ohr und Sinn für diese Einflüsse offen, fange solche
  Atemzüge auf.«
Der Atem kam, sah dich, und ging; er gab Leben,
  wem er wollte, und ging.
Ein anderer Atem ist gekommen. Sei aufmerksam,
  dass du nicht auch diesen versäumst, oh Kamerad.

❧

Rhythmus, Beschaffenheit und Platzierung

*»Alles ist im Göttlichen Atem enthalten
wie der Tag in der Morgendämmerung.«*

VOR EINIGEN JAHREN BAUTE EINE KLEINE GRUPPE
von Menschen, die in einer Gemeinschaft in Neuengland
lebten, eine etwa zehn Meter hohe Äolsharfe und stellte sie
auf eine Bergspitze. Wie Sie vielleicht wissen, war die ur-
sprüngliche Äolsharfe auf eine besondere Art gestimmt
und dafür gemacht, dass sie vom Wind gespielt wurde.
Diese jungen Leute machten gemeinsam ein ausgefallenes
Experiment und nahmen die ungewöhnlich schönen

Klänge des Windes auf, der durch die Harfe strich. Diese Bänder, die im Frühling, Sommer, Herbst und Winter entstanden waren, hatten, als ich sie zum ersten Mal hörte, eine tiefgreifende Wirkung auf mich.

Der erste Schritt zu einem tiefen Verständnis des Atems besteht darin, so atmen zu lernen, dass unsere feinstofflichen Körper gestimmt werden, so wie diese Harfe gestimmt wurde, damit sie mit dem Wind klingt. Allzu leicht wird das Atmen als selbstverständlich hingenommen und vergessen, dass wir in unserem Leben geradezu verpflichtet sind, bewusstes Atmen zu lernen. Wenn wir das Leben leidenschaftlich leben und es wirklich lieben, hier zu sein, werden wir den Wunsch verspüren, die Tiefen dieses großen Wunders, das »Atem« heißt, zu erkunden.

Wenn der Wind dreht, wissen wir, dass etwas in unserer Welt geschehen wird. Der Wind der Veränderung streicht auch jetzt über das Antlitz der Erde. Wie und wo kommt der Wind her? Wissenschaftler können uns viele technische Erläuterungen hierzu geben, aber es gibt andere, tiefgründigere Erklärungen, die aus innerer Arbeit heraus verstanden werden können.

Auch wir können vom Wind gespielt werden, und was wir sagen, wird der Klang des Augenblicks sein, der in unserem Wort die Möglichkeit wirklicher, nicht bloß scheinbarer Veränderung trägt. Irgendwo tief in uns weiß dies jeder von uns, und obwohl Gott uns alles gibt, liegt es an uns, so fein gestimmt zu sein, dass die gespielte Musik aus der Wahrheit selbst kommt. Jalaluddin Rumi sagte: »Wir sind die Flöte, doch die Musik ist Dein.«

Atem ist das Geheimnis des Lebens, denn ohne Atem gibt es nichts. Richtiges Atmen ermöglicht es uns, den Weg zu wählen, den wir gehen wollen. Denken Sie an den

Wind – er weht und trägt alles mit sich, was leicht genug ist, von der Erde aufgehoben zu werden. Er trägt den Duft der Blumen, er trägt die Blätter, wenn sie von den Bäumen fallen, und er trägt die Samen der Pflanzen an den Ort, wo sie Wurzeln fassen können. Das ist eine großartige Botschaft! Wir kommen auf dem Atem in diese Welt, und wir verlassen diese Welt auf dem Atem. Der Durchschnittsmensch lebt sein Leben mechanisch und vergisst alles über das Atmen bis zum Augenblick seines Todes, wenn er darum kämpft, Luft in seine Lungen zu saugen, und sich so an die Überbleibsel dessen klammert, was er als das Leben in dieser Welt gekannt hat.

Die Übung des Atmens kann jeden Tag, jeden Augenblick, für den Rest Ihres Lebens ausgeführt werden. Dies erscheint einfach, aber weil jeder Augenblick vom anderen verschieden ist, finden Sie es vielleicht manchmal unmöglich, sich zu konzentrieren. Doch mit der Zeit werden Sie die Wichtigkeit dessen, was ich hier schreibe, verstehen.

Zuerst müssen Sie lernen, Ihre feinstofflichen Körper zu reinigen, indem Sie das Konzept des physischen Körpers aufgeben und so zur unsichtbaren Matrix vorstoßen können, aus der sich unser Körper fortwährend entwickelt. Wenn Sie lernen, sich zu reinigen, werden Sie fähig sein, deutlicher zu sehen, sobald sich die Gedankenformen und Projektionen, die einer klaren Sicht und innerem Hören im Wege stehen, aufzulösen beginnen. Schließlich ist das Denken das Einzige, das uns auseinanderdividiert.

Sorgen Sie zuerst dafür, dass Ihr Rücken gerade ist, und nehmen Sie dann einfach das Kommen und Gehen des Atems wahr. Um diese Fähigkeit zu erlangen, braucht man viel Übung, und nur wenige Menschen sind bereit, den notwendigen Einsatz zu bringen. Wenn Sie einfach Ihren

Atem wahrnehmen können, werden Sie langsam erkennen, dass wir von Gedanken tyrannisiert werden, die uns fast unaufhörlich hin und her werfen; und obwohl wir uns der Wahrheit nicht gern stellen, wird uns klar werden, dass wir recht unbeständig sind. Aber Sie sind nicht Ihre Gedanken, ebenso wenig wie Ihre Empfindungen oder Ihr Körper. Wenn Sie aber nicht Ihre Gedanken sind und es trotzdem so schwer finden, einfach nur den Atem wahrzunehmen und von diesen Gedanken unberührt zu bleiben, ist dann nicht irgendetwas verkehrt?

Solange Sie über kein beständiges ›Ich‹ verfügen, besteht immer die Gefahr, dass Sie in die Irre gehen. Lernen Sie hingegen, mit Bewusstheit zu atmen, besteht die Chance, dieses innere Wesen zu treffen, das Ihr wirkliches Selbst ist.

Es gibt drei Aspekte des Atems. Die Wissenschaft vom Atem ist ein Studium fürs ganze Leben; aber diese drei Aspekte, sorgfältig studiert und praktisch angewandt, können helfen, den Lauf Ihres Lebens zu verändern. Es sind dies der Rhythmus des Atems, die Beschaffenheit des Atems und die Platzierung des Atems.

In letzter Zeit wurde im Westen viel über den Rhythmus des Atems geschrieben, in Indien *pranayama* genannt. Aber die Menschen merken nicht, dass verschiedene Arten von Rhythmen, die von verschiedenen Schulen und Lehrern gelehrt werden, auch verschiedene Ergebnisse hervorbringen sollen. Wenn Sie einen Wagen sehr schnell bergauf fahren wollen, braucht der Motor einen anderen Rhythmus, als wenn er gemütlich den Berg hinunterrollt. Die Geschwindigkeit des Wagens mag dieselbe sein, aber der Rhythmus des Motors ist völlig anders. So verhält es sich auch mit der Wissenschaft vom Atem – das Verständnis des Rhythmus ist von entscheidender Bedeutung.

Der Rhythmus, den ich Sie lehren werde, wird manchmal »Mutteratem« genannt. Die Menschen merken nicht, dass aus jedem Augenblick etwas ›geboren‹ wird und dass wir dazu beitragen würden, Frieden auf diesen Planeten zu bringen, wenn wir den Rhythmus finden könnten, der am natürlichsten und vollständig in Harmonie mit den universellen Gesetzen ist, die unser Dasein regieren.

Vergewissern Sie sich, dass Ihre Wirbelsäule gerade ist, so dass die Lebenssäfte leicht auf- und absteigen können. Dann atmen Sie ein, wobei Sie bis sieben zählen, halten für einen Taktschlag inne und atmen wieder aus, während Sie bis sieben zählen. Bevor Sie erneut einatmen, halten Sie nochmals im Ausatmen für einen Taktschlag inne. Das ist ein sehr einfaches rhythmisches Zählen von 7-1-7-1-7. Wenn Sie kontinuierlich daran arbeiten, wird der Zeittakt für Sie bald selbstverständlich und ganz natürlich werden.

Lassen Sie alle Vorstellungen los. Geben Sie sich dem Rhythmus hin, der durch alles Leben fließt und pulsiert. Dieser Rhythmus wird »das Gesetz der Sieben« genannt, und indem Sie ihm folgen, stellen Sie eine Verbindung zum harmonischen Naturgesetz des Lebens her, das nur nach einem strebt: Vollendung aus sich selbst heraus zu empfangen. Der Mutteratem hilft uns, die unbegrenzte Möglichkeit zu erkennen, die im Hier und Jetzt liegt wie in einem physischen Schoß.

Dieser Atemrhythmus hilft uns zu erkennen, dass der gegenwärtige Augenblick pulsiert, sich ausdehnt und zusammenzieht, ins Leben kommt und auf der Stelle wieder vergeht. Alles wird aus diesem rhythmischen Pulsieren verursacht, auch die Vibrationswellen, die die subtilen oder formativen Welten bilden, indem sie die gröbere physische Substanz völlig durchdringen. Alles ist nur eine Frage unterschiedlicher Schwingungsgrade: je langsamer, desto dichter das Material; je höher die Schwingungsrate, umso verfeinerter und weniger stabil die Substanz. Und die Pulsationsrate ist die gleiche wie der Rhythmus des Atems: 7-1-7-1-7.

Die nächste Stufe hat mit der Beschaffenheit der Luft zu tun, die Sie atmen. Geradeso wie der Wind alles mit sich trägt, was leicht genug ist, von der Erde aufgehoben zu werden, gibt es viele Qualitäten, die auf dem Atem getragen werden können, wenn wir Rhythmus verstehen und fähig sind, uns richtig zu konzentrieren. Sie können zum Beispiel eine Farbe aus dem gesamten Spektrum auswählen, sie in Ihren Körper einatmen und jede Zelle damit füllen. Diese Praktik wird bei gewissen Heilungsarten angewendet, vergleichbar mit den tiefen Tönen des Klaviers. Oder Sie können beschließen, den Atem in der erdenklich feinsten Schwingung zu wählen, die in dieser Welt jenseits der Tonleiter liegt. Sie können sich alles Mögliche aussuchen! Sie könnten die Elemente Feuer, Erde, Luft und Wasser oder die Essenz einer bestimmten Blume oder eines Heilkrauts einatmen. Die Wissenschaft vom Atem ist ein weites Feld und war in der Vergangenheit nur wenigen bekannt, doch nun ist es an der Zeit, dass die Welt zu verstehen beginnt.

Der dritte Aspekt, den ich erwähnen möchte, ist die Platzierung des Atems. So wie der Wind den Samen von einem Ort zum anderen trägt, so kann der Atem zu bestimmten Zwecken eine Absicht von einer Körperzone in eine andere tragen. Durch richtiges Platzieren des Atems können wir lernen, den Körper ins Gleichgewicht zu bringen. Wir können beginnen, die Kunst der Umwandlung zu erlernen, die Kunst der Alchimisten. Wir können anfangen, unsere Verantwortung zu übernehmen, indem wir bewusste menschliche Wesen sind, die sich einem Leben des Dienens auf der Erde verschrieben haben.

❧

Ein Loch in einer Flöte

HAFIZ

Ich bin ein Loch in einer Flöte,
Durch die der Atem Christi strömt –
Lausche dieser Musik.

Ich bin das Konzert
Aus der Kehle eines jeden Geschöpfs
Und singe zu Myriaden von Saiten.

❧

Vor langer Zeit

Ein neuer Atem war geboren.

VOR LANGER, LANGER ZEIT, ALS DIE WELT NOCH SEHR
jung war, gab es Harmonie, gab es einen Rhythmus, einen
Atem, den Atem der Einheit. Die Welt drehte sich. Es war
einmal. Doch dann kam die Zeit, dieser Augenblick, als
sich aus dem Rhythmus der Harmonie ein neuer Rhythmus entwickelte. Ein neuer Atem war geboren. Auf die
Zeit der natürlichen Ordnung folgte eine andere Art der
Zeit. Aus dem Atem und dem Rhythmus Gottes entstand
der Atem des Menschen... Vor langer Zeit.

So geschah es, dass es zwei Rhythmen gab, zwei Atemzüge, und die Spannung, die von beiden geschaffen wurde,
ließ die beiden Gebote entstehen: »Liebe den Herrn, deinen Gott« und »Liebe deinen Nächsten wie dich selbst«.
Dann hätte wieder Harmonie entstehen können.

Doch die Menschheit hat sich niemals daran erinnert,
und deshalb wird uns zu bestimmten Zeiten in der Geschichte wieder die Gelegenheit gegeben, uns unserem
Herrn unmittelbar zuzuwenden, den Pfad der Rückkehr
einzuschlagen. Diese Chance wird uns geboten, wenn die
Dinge schlecht stehen, wenn die Ordnung versagt hat und
das Chaos regiert, wenn die Menschheit vergessen hat zu
lieben, wenn Gott vergessen wurde.

Der Duft des Erzengels

SULEYMAN DEDE

Bist du ein Suchender,
So wirf dich nieder in Demut.
Auf dass du erkennen mögest,
Welcher Stimmung
Seine reine Gnade ist.
Dort wird dir Weihrauch geschenkt,
Und in dessen Wohlgeruch findest du
Den Duft des Erzengels
Und die Geheimnisse Dessen, Der gibt.

※

Für einen anderen Menschen atmen

Nur mit Erlaubnis, Vertrauen, Liebe,
Bescheidenheit und Dankbarkeit.

MANCHMAL WERDE ICH GEFRAGT: »KANN MAN FÜR
jemand anderen atmen, der Hilfe braucht?« Es ist dasselbe
wie beim Beten für andere Menschen. Die Antwort lautet:
Ja, man kann. Aber beim Atmen, genauso wie im Gebet,
ist die *Erlaubnis* das Entscheidende. Englische und ameri-
kanische Leser meiner Generation werden sich vielleicht
noch an eine als Mind Control bezeichnete Methode erin-

nern, ein in den späten 1960er und frühen 70er Jahren populärer Trend. Damals wurde behauptet, dieser Ansatz könne die Einstellung eines anderen Menschen grundsätzlich verändern. Ich will nicht über den Erfinder dieser Methode urteilen, aber als ich davon las, wusste ich sogleich, dass etwas nicht stimmte. Und tatsächlich erfuhr ich, dass die Praktizierenden dieser Methode für andere Menschen beteten, ohne deren Einwilligung dazu.

Die Kraft des Gebets kann gewaltig sein, wenn man weiß, wie man beten soll. Und sogar wenn man nicht weiß wie, kann es gravierende Auswirkungen haben. Denken wir doch nur an all die Selbstmordattentäter, diese tragischen Gestalten junger Menschen, die vollkommen irregeleitet und einer schrecklichen Gehirnwäsche unterzogen werden zum Beispiel durch den Missbrauch des heiligen Korans, indem ihnen eingetrichtert wird, bestimmte Stellen unablässig zu wiederholen. Wenn sie sich auf einen aus dem Zusammenhang gerissenen Aspekt versteifen, führt das sehr leicht zu Fanatismus; und noch bevor sie merken, was ihnen geschieht, wird das zu ihrer *Wirklichkeit.* Glauben Sie, dass beispielsweise das Beten oder das Atmen für Menschen, die versuchen, andere zu kontrollieren oder wie in diesem Fall Jugendliche in lebende Bomben zu verwandeln, die Situation irgendwie verbessern hilft? Im Gegenteil, es kann die Dinge noch verschlimmern, sehr verschlimmern.

Viele Jahre lang führte ich eine erfolgreiche Heilpraxis in England. Als ich dann meinem Lehrer begegnete, der selbst viel über dieses Thema wusste, riet er mir, das Heilen aufzugeben, weil er sah, dass ich davon allzu sehr angezogen war. Was ich von ihm damals unter anderem lernte, war, dass man beispielsweise bei der Behandlung von Krebs seine Hände niemals unmittelbar auf die Tumorstelle legen darf, weil man damit den Zustand nur verschlechtern kann. Bei Krebs handelt es sich um ›chaotisierte‹ Zellen. Er muss von einer viel höheren Ebene aus geheilt werden. Behandelt man etwas im Uterus einer Frau, um ein anderes Beispiel zu nehmen, tut man das nicht durch die Gebärmutter, sondern durch das Halszentrum, was nichts anderes ist als der zweite Oberton des zweiten *Chakras.*

Genauso sollten Sie, wenn Sie beten, nicht *für* etwas beten. Wenden Sie sich Gott zu. »Dein Wille geschehe, nicht meiner.« Damit beginne und beende ich jedes meiner Gebete. Denken Sie nicht, *Sie* seien es, der Hilfe bringt. Erinnern Sie sich vielmehr daran, dass Sie eigentlich ›nicht existieren‹ sollten. Wenden Sie sich an Gott, und *dann* mögen Sie vielleicht hilfreich sein. Aber für jemanden zu beten – oder zu atmen –, dessen *Wirklichkeit* es ist, sagen wir, die westliche Kultur, wie wir sie kennen, auszulöschen, wird das Chaos nur vergrößern.

Manchmal ist es nicht möglich, dass die Person, der man helfen will, selbst ihre Einwilligung dazu geben kann; in einem solchen Fall müssen Sie Gott um die Erlaubnis bitten. Wie dies getan wird, lehre ich meine Studenten: Sie müssen in Ihrem Innern eine Frage stellen. Sie müssen *aus* Ihrem Herzen *in* Ihr Herz hinein fragen. Die Hesychasten im orthodoxen Christentum taten dies, indem sie den Kopf auf ihre Brust fallen ließen und versuchten, der Antwort zu lauschen. In unserer Schule bitten wir vor jeder größeren Entscheidung um Erlaubnis, indem wir fragen: Darf ich? Soll ich? Kann ich? Diese drei Fragen – bedenken Sie, dass Drei die erste Zahl ist – können Ihnen das Leben retten, welches das Leben Gottes auf der Erde ist.

Doch wenn Sie diese Fragen stellen, müssen Sie vollständig vertrauen. Mit »Darf ich?« bitten wir den Höchsten
um Erlaubnis. »Soll ich?« ist gesunder Menschenverstand.
Und »Kann ich?« hat mit unserer eigenen Verfassung zu
tun. *Falls* Sie dreimal ein Ja erhalten, müssen Sie es tun
– auch wenn Sie das nicht möchten! Bei vielen Gelegen-
heiten, bei denen ich drei Ja erhielt, musste ich Dinge tun,
die ich nicht nachvollziehen konnte und die mich –
scheinbar – in Schwierigkeiten brachten. Doch am Ende
war es immer für jemanden in irgendeiner Weise gut.

Während meiner Studienjahre in esoterischem Heilen
hatte ich viele wunderbare Lehrerinnen und Lehrer. Eine
war eine unglaubliche, außergewöhnliche Frau. Nachdem
sie, erst vor kurzer Zeit, starb, widmete ihr die englische
Zeitung *The Guardian* einen ganzseitigen Artikel. Etwas,
was sie uns beibrachte, war, wie man Menschen aus einem
Koma zurückholen kann. Dabei hat man nicht immer
Erfolg, aber manchmal funktioniert es. Übrigens bezieht
sich dies nicht nur auf ein physisches Koma. Es gibt
alle Arten von Komas. Gurdjieff sagte, wir seien »Schlaf-
wandler«; auch das ist eine Form von Koma.

Wie häufig liegen *Sie* im Koma? Stellen Sie sich eine
›Tonleiter‹ vor und denken Sie sich den Tod auf der un-
tersten Stufe, gefolgt vom Koma auf der nächst höheren;
weiter oben liegt dann Kummer in seinen unterschiedlichen Formen, und noch höher liegen weitere zehn Stufen
auf dieser Leiter. Die uns gezeigte Methode, mittels der
man einen Menschen aus einem Koma holen kann, war
die Folgende. Werden Sie zu einem Spiegel für die Person,
die, sagen wir, in einem Krankenhausbett liegt. In Respekt
und Liebe (»Suche die Ebene derer, mit denen du sprichst,
um sie nicht zu demütigen oder zu betrüben«) begeben Sie

sich auf eine Ebene, die nur ganz wenig höher liegt als die der Person – und atmen Sie. Wenn die Person mit dem Finger zuckt, bewegen Sie Ihren gleichen Finger nur ein klein bisschen mehr. Nicht zu sehr, sonst zieht sich die Person wieder nach innen zurück. Auf diese Weise mag es Ihnen vielleicht erlaubt sein, jemandem Schritt für Schritt aus dem Koma zu helfen. Aber Sie müssen für diese Person *atmen* (wenn Sie dazu die Erlaubnis haben). Weshalb? Weil die Person nicht mehr bewusst genug ist, für sich selbst zu atmen.

Wenn man »auf dem Atem« ist, ist es auch möglich, bei einem Menschen zu sein, der im Sterben liegt. Manchmal kann dies sehr, sehr wertvoll sein. Edith Wallace, eine gute Freundin von mir und eine Schülerin John G. Bennetts, hatte einen jüdischen Freund, den ich nie getroffen habe. Er lebte in New York und war, so wie Edith selbst, jungianischer Psychologe. Vor rund dreißig Jahren war er auf mein Buch *Das atmende Leben* gestoßen und hatte später erfahren, dass Edith mich kannte. Eines Tages, als der Mann in seinen Neunzigern war, rief mich Edith in Santa Fe an und fragte: »Mein Freund in New York hat nur noch zwei, drei Wochen zu leben. Könntest du bitte mit ihm sprechen?« Also rief ich ihn an und er bat mich: »Können Sie mich lehren?« Da er mein Buch gelesen hatte, dachte er offensichtlich, ich müsse irgendetwas wissen. Aus dem Hintergrund seiner Wohnung konnte ich Klagegesänge und hebräische Gebete hören. Ich sagte ihm, zuerst müsse er die Rabbis und seine Familie bitten zu gehen, so dass wir ungestört reden könnten. Dann sagte ich: »Nun atmen Sie mit mir in diesem Rhythmus von 7-1-7-1-7 in Ihren Solarplexus ein und aus den Herzzentrum wieder aus. Ich werde mit Ihnen atmen.« Das tat er, und so atmeten wir

eine Zeit lang zusammen. Und tatsächlich konnte ich
›hören‹ – ich spreche hier nicht von Stimme oder Klang –,
dass etwas geschah. Er war sehr dankbar. Ungefähr eine
Woche später lag er auf seinem Sterbebett. Er rief mich an,
und wieder atmeten wir gemeinsam, bis er schließlich bei
vollem Bewusstsein starb.

Ja, man kann für einen anderen Menschen atmen.
Wenn Sie die Erlaubnis haben sowie genügend Vertrauen,
Liebe, Bescheidenheit und Dankbarkeit, dann können Sie
es. Wenn Sie wach sind für das, was andere brauchen, und
nicht einfach nur zu wissen glauben, was sie benötigen,
mag Gott Ihnen geben, was wirklich gebraucht wird.

❧

Mit jedem Atem kehre neu

Sun Bu Er

Soll geschwind sich bilden das Elixier,
Lasse deine Illusionen hinter dir.
Der spirituellen Arznei bleib stetig treu;
Zur Schöpfung kehre mit jedem Atem neu.
Zurück über die drei Inseln der Kraftstrom reist;
Im Vergessen sich mit dem Letzten vereint der Geist.
Auf diesem Wege her, auf diesem Wege fort
In Wahrheit anders ist kein einziger Ort.

❧

Dienen – tagein, tagaus

*Wenn wir Meister unseres Atems sind, leben wir
im ewig gegenwärtigen Augenblick, und das ist
die einzige Zeit, in der wir wirklich dienen können.*

ZUM THEMA »ATEM« WURDEN BEREITS UNZÄHLIGE
Bücher veröffentlicht, doch ein Großteil des vorhandenen
Materials stammt aus der Yoga-Tradition und nur erstaun-
lich wenig davon ist auf die westliche Mentalität ausgerichtet. Was ich hier besonders betonen möchte, ist der
Zusammenhang von atmen und dienen. Es gibt auf der
Welt so viel Kummer und Leid. Wenn wir über etwas
einen großen Schmerz empfinden, kann es uns zuweilen
schwer fallen, eine Übung, zum Beispiel eine Atemübung,
als einen Akt des Dienens zu beginnen und sie auch als
einen solchen zu Ende zu bringen. Aber in dem Moment,
in dem wir uns daran erinnern, dass wir hier sind, um zu
dienen, beginnen sich die Wogen in unserem eigenen
Leben zu glätten und wir erhalten eine Ahnung davon, was
unser Ziel und Zweck sein könnte.

Die meiste Zeit unseres Lebens verbringen wir im
Schlaf, und wir setzen so viele Dinge als selbstverständlich
voraus, unter anderem auch den Atem. Atem ist Leben!
Allein indem wir über diese drei Wörter kontemplieren,
kann uns klar werden, dass wir dafür verantwortlich sind,
uns unseres Atems bewusst zu sein. Dies wird uns darin be-
stärken zu lernen, in allen Situationen und unter allen
Umständen bewusst zu atmen. *Atem* ist Leben. Atem *ist*
Leben. Atem ist *Leben.* Wir können während unserer

Kontemplation jedes einzelne dieser drei Wörter betonen und jedes Mal einen anderen Aspekt des Atems hervorheben, den es zu entdecken gilt. Um wirklich wach zu sein, müssen wir die Bedeutung des Atems verstehen lernen. Wir können zum Beispiel dem Fluss des Atems im Inneren der Nase folgen oder sein Strömen durch den Körper beobachten. Wir können seine transformierende Wirkung auf Zellen und Moleküle erfahren. Wir können uns der Tatsache bewusst werden, dass mit dem Atem heilende Energie in bestimmte Bereiche unseres Körpers gelangt, die dieser bedürfen.

Unser Atem ist nicht auf unseren Körper beschränkt. Er kann durch Raum und Zeit getragen werden. Wir können lernen, für andere zu atmen, wenn es in deren Leben stürmisch wird. Unser Atem ist der Schlüssel zu bewusster Geburt, bewusster Sexualität und bewusstem Tod. Dies mag deutlich werden am Beispiel des Mannes, der seiner Frau während der Wehen und im Augenblick der Geburt beisteht, indem er seinen eigenen Atem in Stärke und Rhythmus konstant hält, so dass es ihr leichter fällt, sich zu entspannen. Der Geschlechtsakt kann zu den heiligsten Handlungen auf der Erde gehören, wenn wir bewusst atmen und den Wunsch haben, auf diese Weise zur Göttlichen Ordnung beizutragen. Und wenn wir bewusst im Mutteratem atmen, wird im Augenblick des Todes tiefer Friede den Raum erfüllen – sogar dann, wenn der Sterbende bereits bewusstlos ist.

Selbstverständlich erfordert dies ein gewisses Maß an Übung. Leider hatten nur wenige von uns das Glück, dieses Wissen bereits in der Schule oder zu Hause gelehrt zu werden. Aber es ist niemals zu spät dazuzulernen. Wollen wir die Kunst des Atems meistern, ist es ganz wesentlich, keine wie auch immer geartete Belohnung für unser Üben zu erwarten. Der Verstand ist hierin sehr trickreich – und ehrgeizig. Wir dürfen niemals vergessen, dass wir nicht hier sind, um Macht oder Vorteile für uns selbst zu erlangen, sondern um zu dienen und transformiert zu werden.

Stellen wir uns einen typischen Tagesablauf vor, beginnend mit dem Augenblick des Erwachens. Versuchen wir anhand dieser Bilder zu verstehen, was bewusstes Atmen wirklich bedeutet. Vielleicht gähnen wir und strecken uns, bevor wir bereit sind, aufzustehen und den Tag zu beginnen. Wenn wir liegen, ist unser Atem von gänzlich anderer Qualität, als wenn wir sitzen oder stehen. In der Horizontalen nehmen wir eine andere Art von Energie auf als in der Vertikalen. Im Liegen entspricht unser Magnetismus dem Anbruch der Nacht, der Zeit, da die Sonne untergeht und wir unsere Reise in den Schlaf antreten. Am Morgen hingegen, nachdem wir aufgestanden sind und uns in die Senkrechte erhoben haben, werden wir von genau der Art Energie erfüllt, die wir brauchen, um unserem Tagewerk nachzugehen. Wenn wir bewusst atmen, werden wir noch ein weiteres Phänomen beobachten können. Wenn wir auf der rechten Seite liegen, sind wir empfänglicher, offener, aufnahmefähiger, als wenn wir auf der linken Seite liegen. Deshalb wird Menschen, die nicht imstande sind, kniend, stehend oder sitzend zu beten, empfohlen, dies auf ihrer rechten Seite liegend zu tun.

Wenn wir beim Aufstehen absolut wach und bewusst sind, gelingt es uns, den Atem, das Wort und den Klang der unterschiedlichen Aspekte des Tages und der Nacht nahtlos ineinander übergehen zu lassen. Viele von uns haben die Angewohnheit, blindlings aus dem Bett zu fallen und sich ziellos in den Tag hineintreiben zu lassen. Statt-

dessen sollten wir am Morgen als erste Übung die
Entscheidung treffen, bewusst aufzustehen. Keine Angst,
unser Bett wird uns im Laufe des Tages sicher nicht da-
vonlaufen! Unsere volle Aufmerksamkeit gilt exakt dem
Moment, da beide Fußsohlen den Boden berühren. Dann
bringen wir uns selbst diesem neuen Tag dar und bitten:
»Möge es mir heute erlaubt sein zu dienen.« Wir beten ein
Gebet unserer Wahl und erinnern uns des Atems. Dann
wenden wir uns den Dingen zu, die getan werden müssen.
Sie werden überrascht sein, wie hilfreich es ist, den Tag auf
diese Weise zu beginnen.

Der Morgen geht weiter. Wir frühstücken und machen
uns auf den Weg zur Arbeit. Wenn wir unseren Atem im
Laufe des Tages genau beobachten, werden uns Veränderungen auffallen. Es ist, als würde der Strom unseres Atems
von einer Art innerern Gangschaltung reguliert und als
seien die verschiedenen Gänge abhängig von dem, was im
jeweiligen Augenblick gerade geschieht.

Nehmen wir weiter an, wir steigen ins Auto, um zur
Arbeit zu fahren, und geraten unversehens in einen Stau.
Schon vorher haben wir ein wenig schneller geatmet, weil
wir etwas zu spät losgefahren sind. Jetzt fürchten wir, zu
spät zu kommen. Nichts läuft nach Plan. Ärger und
Frustration steigen in uns auf. Unser Atem, zunächst
durch unsere Angst beschleunigt, wird nun durch unseren
Groll erstickt. Wenn wir unachtsam dahinrasen, vom Ziel
getrieben, doch noch pünktlich anzukommen, sind wir
mit unserer Aufmerksamkeit gewiss nicht in der Gegenwart. Und wenn wir vor Zorn kaum noch atmen können,
wird uns völlig entgehen, was im gegenwärtigen Augenblick tatsächlich geschieht. In keinem dieser Zustände
können wir wahre Werkzeuge des Dienens sein, erst recht

nicht, wenn wir schließlich noch die Nerven verlieren und womöglich anfangen, andere Verkehrsteilnehmer zu beschimpfen. Wir laufen dann sogar Gefahr, einen Unfall zu verursachen. Wahre Transformation kann nur geschehen, wenn wir ganz und gar in der Gegenwart sind.

Dies gilt auch für unser Gefühlsleben. Wenn wir Meister unseres Atems bleiben, wird unser Bewusstsein nicht von unseren Emotionen überschwemmt. Bei den meisten von uns geschieht jedoch genau das. Das bisschen Bewusstsein, das wir haben, geht in der Regel vollständig in einem Ozean emotionalen Aufruhrs unter.

Doch es besteht Hoffnung! Indem wir zuerst verstehen, weshalb das Atmen so wichtig ist, und dann lernen, wie man atmet, können wir die Herrschaft über unseren Atem zurückgewinnen. Dann können die höheren Aspekte unseres Seins, die mit den höheren Welten unmittelbar verbunden sind, durch uns hindurch wirksam werden, getragen vom Wind des Wandels, der durch Männer und Frauen weht, die bewusst sind. Ich spreche damit jene Veränderungen an, die notwendig sind, um uns von Stagnation, Krankheit und negativen Emotionen zu befreien. Hierin liegt eine große Herausforderung.

Wir alle machen Fehler; anderenfalls würden wir niemals dazulernen. Bleiben wir bei unserem Beispiel und nehmen wir an, dass wir im Laufe des Tages auch weiterhin vergessen, wie wichtig das Atmen ist und dass wir hier sein sollten, um zu dienen. Natürlich kommen wir zu spät und stürzen kopflos ins Büro. Eine neue Sekretärin hat ausgerechnet heute ihren ersten Arbeitstag, und die Unterlagen, die wir zu bearbeiten haben, lassen sich nicht finden. Der Kaffee ist kalt; und genau als wir uns einen neuen aufbrühen, fällt der Strom aus. Das Einzige, was diesen katastrophalen Tag jetzt noch retten könnte, ist der Atem. Wenn wir uns in einer solchen Situation der Heiligkeit des Atems erinnern und uns den Mutteratem zunutze machen, wird das gesamte Büro innerhalb kürzester Zeit zur Ruhe kommen und Harmonie und Ordnung werden einkehren.

Der Atem – das bewusste Atmen – steht in unmittelbarer Beziehung zur Zeit. In dem Augenblick, in dem wir bewusst atmen, kann sich unser Erfahren von Zeit vollständig verändern. Wenn wir zum Beispiel morgens zur geplanten Zeit von zu Hause losgehen, nachdem wir uns in Ruhe von unserem Mann, unserer Frau, unseren Kindern oder Freunden verabschiedet haben, einen Augenblick innehalten, um uns zu sammeln, entspannt ins Auto steigen und uns *entscheiden,* bewusst ins Büro zu fahren, wird es womöglich überhaupt keinen Stau geben. Wenn wir rechtzeitig aufbrechen, fahren wir vielleicht zwischen all den anderen Fahrern hindurch, die keine Entscheidung getroffen haben und deshalb im Stau stecken bleiben!

Im Büro geht der Tag weiter. So wie jede Stunde sich von der anderen unterscheidet und sich anders anfühlt, so hat auch jeder Tag seine ganz eigene Qualität. An einem Montag, unter dem Einfluss des Mondes, würden wir niemals die gleichen Dinge tun wie an einem Dienstag, unter dem Einfluss des Mars, oder an einem Donnerstag, unter dem Einfluss des Jupiters. Pflanzen, die wir unter Beachtung bestimmter Zyklen des Mondes aussäen, haben bessere Chancen, gesund und stark zu werden. In ähnlicher Weise können wir in unserem eigenen Leben für Harmonie und Gleichgewicht sorgen, indem wir all unsere Aktivitäten auf die wechselnden Qualitäten jeder einzelnen Stunde des Tages abstimmen.

Wenn wir im Laufe des Tages unseren Atem beobachten, werden wir feststellen, dass Rhythmus und Fluss sich ungefähr stündlich geringfügig verändern. Da sich dieser Wechsel von selbst vollzieht, wird er von uns kaum registriert. Nur wenn wir uns unseres Atems bewusst sind, können wir spüren, dass der Luftstrom in einem der beiden Nasenlöcher jeweils stärker und die ›Schwingung‹ höher ist. Fließt die Energie mehr auf der rechten Seite, sind wir eher positiv. Dies ist ein guter Zeitpunkt, um zu handeln. Spüren wir den Atem eher auf der linken Seite, sind wir eher rezeptiver Stimmung, aufnahmefähig. Strömt der Atem gleichmäßig durch beide Nasenlöcher, befinden sich Aktiv und Passiv im Gleichgewicht.

Wenn die Situation es erfordert, sind wir in der Lage, den Atemstrom innerhalb von drei Minuten umzulenken. Findet zum Beispiel ein für uns wichtiges Treffen statt, das wir mit einer positiven Grundhaltung angehen möchten, werden wir das rechte Nasenloch freimachen. Wenn es uns andererseits darum geht, jemandem wirklich zuzuhören oder irgendeine innere Botschaft zu empfangen, werden wir die richtige Schwingungsfrequenz durch das linke Nasenloch fließen lassen. Ein Gleichgewicht zwischen beiden Seiten herzustellen, ist sehr viel schwieriger. Dennoch kann es uns nach einiger Übung und mit Hilfe von Visualisierungen gelingen, quasi durch die Nasenscheidewand zu atmen.

Je länger wir daran arbeiten, bewusst zu atmen, desto eher wird es uns gelingen, auch in einer chaotischen Welt in Harmonie zu leben. Wir werden immer weniger geneigt sein, uns mit den Umständen zu identifizieren, und werden schließlich über den Dingen und dem zerstörerischen Zusammenprall von Gegensätzen stehen, wie wir ihn zum

Beispiel in einer Bank oder in einem Supermarkt erleben können. Wir beginnen, nach und nach Raum zu schaffen für den inneren Beobachter, der für den gegenwärtigen Augenblick sehr viel sensibler ist und uns in die Lage versetzt, das jeweils Notwendige zu erkennen und zu wissen, wie wir helfen können.

Wenn wir mit einer Gruppe von Menschen in einem Raum sitzen, atmen wir alle die gleiche Luft ein und die destillierte Luft, nachdem sie unser System durchlaufen hat, wieder aus. Es gibt jedoch einen Weg, die Qualität der Luft, die wir atmen wollen, zu wählen. Wenn wir dieses Experiment einmal selbst durchgeführt haben, können wir uns von der Wahrheit dieser Aussage überzeugen – die Mühe wird sich lohnen. Der Schlüssel liegt darin, uns mit Hilfe der »kreativen Imagination« die bestmögliche *Luftqualität* vorzustellen und diese einzuatmen. Das hat nichts mit Phantasterei oder Einbildung zu tun. Diese Fähigkeit des Visualisierens ist vielmehr eine innere Gabe, die wir mit einem schöpferischen Akt ans Licht bringen können.

Nun werden Sie mit Recht fragen, ob es uns zum Beispiel in einem völlig verrauchten Raum gelingen kann, uns Luft feinster Qualität vorzustellen. Das ist sicher nicht ganz einfach, aber mit etwas Übung im Visualisieren durchaus möglich. Verurteilen wir jedoch die Raucher oder den Rauch, identifizieren wir uns mit der Situation. Wenn es für uns sehr wichtig ist, eine bestimmte Aufgabe zu erfüllen, sollten wir uns – Rauch oder nicht – keinesfalls davon abhalten lassen. Vergessen wir nicht, dass wir das Ziel haben, immer und unter allen Umständen richtig zu atmen.

Zum Beispiel können wir uns vorstellen, am Meer zu stehen, am Ufer eines schönen Flusses oder an einem klaren Bergbach. Während wir bei diesem Bild verweilen, fahren wir mit dem 7-1-7-1-7-Atmen, dem Mutteratem, fort. Auch die Qualitäten eines bestimmten Sterns oder Planeten können wir für unser inneres Gleichgewicht nutzen. Brauchen wir zum Beispiel männliche Festigkeit, so stellen wir uns vor, dass unsere Atemluft vom Mars kommt und dass unser Körper mit Eisen angereichert wird. Müssen wir hingegen weicher und empfänglicher werden, so stellen wir uns beim Atmen die Venus vor und versorgen auf diese Weise unseren Körper mit Kupfer. Wir können uns, während wir atmen, sogar die heiligen Plätze der Erde vorstellen, von denen beständig so viel Gutes für die Welt ausgeht. Wir können zum Beispiel wählen, uns im Geiste zu den Versammlungsorten der heiligen Menschen im Himalaja zu begeben oder uns in Städten wie Jerusalem, Chartres, Glastonbury oder beim großen Medizinrad in Wyoming ›aufzuladen‹. Dank des Atems und mit Hilfe von Visualisation können wir uns diese Gabe zunutze machen. Sie gehört uns und steht uns jederzeit zur Verfügung.

Kehren wir zu unserem Tagesablauf zurück. Wenn wir während unserer Mittagspause bewusst essen und gleichzeitig respektvoll auf unseren Atem achten, wird uns all die Energie zur Verfügung stehen, die wir für den Nachmittag brauchen. Wenn wir dienen wollen, sollten wir unserer Nahrung dieselbe große Achtung entgegenbringen. Es ist so wichtig, dass wir nichts in unserem Leben für selbstverständlich halten und nie vergessen, dankbar zu sein. Dann können wir dieses tiefe Gefühl der Dankbarkeit mit anderen teilen, die es vielleicht vergessen haben.

Am Nachmittag sind wir oft müde und haben Schwierigkeiten, uns zu konzentrieren. Auch hier wird alles viel einfacher, wenn wir bewusst atmen. Denken wir daran: Unser nächster Atemzug könnte der letzte sein. Wir wissen es nicht. Mit dem Atem kommen wir zur Welt, und mit dem Atem verlassen wir sie wieder. Wenn uns das Leben einmal beschwerlich erscheint, an einem Nachmittag oder zu irgendeiner anderen Zeit, sollten wir uns einen Augenblick ruhig hinsetzen und diese Erkenntnis auf uns wirken lassen.

Bald ist es Abend geworden und an der Zeit, uns wieder auf den Heimweg zu machen. Wir steigen ins Auto und setzen uns den unvermeidlichen Abgasen aus, den frustrierten Mitmenschen, dem Dröhnen der Autoradios, den roten Ampeln. All das scheint, so viel Zeit zu kosten. Wie sollen wir es schaffen, Tag für Tag mit solchen Situationen umzugehen, ohne Magengeschwüre oder einen hohen Blutdruck zu bekommen? Viele Menschen stumpfen mit der Zeit völlig ab, legen sich ein dickes Fell zu. Auf diese Weise sind sie nicht gezwungen, sich ihrem Unbehagen zu stellen. Aber dieser Lösungsweg ist sicher kein bewusster, sondern führt noch tiefer in den Schlaf.

Wenn wir Meister unseres Atems sind, leben wir im ewig gegenwärtigen Augenblick, und das ist die einzige Zeit, in der wir wirklich dienen können. Wie ich bereits sagte, müssen wir alle auf unsere eigene Art und Weise dienen. Wir müssen wach und bewusst sein, mit jedem Atemzug voll und ganz in der Gegenwart. Genau am Umkehrpunkt zwischen Ein- und Ausatmen liegt Freiheit. In jenem Bruchteil einer Sekunde sind wir offen für den Strom der Gnade. Wann es geschehen wird, wissen wir nicht. Vielleicht passiert es mitten auf der Autobahn. Werden wir auf dem Heimweg vom Verkehr aufgehalten, ist dies eine wunderbare Gelegenheit, uns in der Kunst des

Atmens zu üben und uns von den Spannungen des Tages zu befreien. Wenn wir dann unser Zuhause betreten, tragen wir nicht mehr die Last des Tages auf unseren Schultern. Wir sind innerlich wirklich bereit, unsere Freunde oder unsere Familie zu begrüßen. Wir haben die Freiheit, sobald wir die Schwelle überschreiten, voll und ganz für andere da zu sein.

Zu Hause werden wir wahrscheinlich zunächst einmal baden oder duschen wollen, um den Staub des Tages loszuwerden. Auch dies ist eine Gelegenheit, den Atem zu nutzen. Während wir duschen, atmen wir die Feuchtigkeit bewusst ein. Unser Atem ist ein Träger dieser Feuchtigkeit. Wasser ist ein elektrischer Leiter. Da Gedankenformen elektrische Impulse sind, können wir mit Hilfe des bewussten Atmens und der Feuchtigkeit unter der Dusche unsere feinstofflichen Körper von subtilsten Gedankenformen reinigen, die uns vielleicht ohne unser Wissen anhaften.

Jetzt sind wir für den Abend vorbereitet und für alles, was noch kommen mag. Den ganzen Tag haben wir hart daran gearbeitet, Meister unseres Atems und unserer Zeit zu werden. Wenn wir nun zum Tagesausklang unsere Entscheidungsübung und dann die Klärungsübung machen,* werden wir friedlich schlafen, bereit für das, was uns der neue Tag bringen mag.

Atem ist Leben! Wir atmen nur ein, um auszuatmen. Auf diese Weise lernen wir, unser Ein- und Ausatmen in ein Gleichgewicht zu bringen. Wir beobachten unseren Atem, lernen zu unterscheiden, auf welche Weise er in uns einströmt, und erkennen, wie wir ihn zum Wohl von uns und anderen nutzen können. Während wir atmen, visuali-

* Siehe: Reshad Feild: *Die innere Arbeit*, Band I, Chalice Verlag, Zürich 2004.

sieren wir bestimmte Dinge. In schwierigen Zeiten atmen wir für andere. Mit Hilfe von Visualisation und bewusstem Atmen nehmen wir die Schönheit und Energie in uns auf, die wir brauchen, um zu dienen. Wie Muhyiddin Ibn Arabi, der große Sufi-Mystiker, einmal sagte: »Alles ist im Göttlichen Atem enthalten wie der Tag in der Morgendämmerung.«

ॐ

Der Mensch gleicht dem Winde

FRITHJOF SCHUON

Die Natur, die uns umgibt – Sonne, Mond, Sterne, Tag und Nacht, Jahreszeiten, Wasser, Berge, Wälder, Blumen –, ist eine Art Offenbarung; diese drei Dinge: Natur, Licht und Atem sind zutiefst verbunden.
Die Atmung muss sich mit dem Gedenken an Gott verbinden; man muss mit Ehrfurcht, sozusagen mit dem Herzen, atmen [...]
Das Gedenken an Gott (*Dhikr*) gleicht dem tiefen Atmen in der Einsamkeit eines Hochgebirges: Die von der Reinheit des ewigen Schnees gesättigte Morgenluft macht die Brust weit; sie wird zum Raum, der Himmel dringt ins Herz hinein.

ॐ

Die Tyrannei der Gedanken

Ziel aller Atemübungen ist, Sie zu befähigen,
über Gedankenformen hinaus weiterzugehen.

MEIN ATEMUNTERRICHT BEI EINEM TIBETANISCHEN
Lama begann damit, dass ich sechs Stunden pro Tag nichts
anderes tun musste, als einzuatmen und wieder auszuatmen. Ohne unterstützende Musik, ohne bequemen
Stuhl, ohne irgendetwas. Ich sollte Geduld, Kraft und
Ausdauer entwickeln, um die Schranke aus Gedanken und
Gefühlen zu durchbrechen. Bawa Muhaiyadden, den ich
nachfolgend zitiere, sagte: »Nehmen wir unseren Bereich
der Hölle« – den wir uns selbst geschaffen haben – »und
versuchen wir, ihn zu zerstören? Nein. Wir sollten die
Hölle beiseiteschieben und weitergehen.« Erinnern Sie sich
an das, worüber ich in meinen Büchern so häufig geschrieben habe: Erkenntnis – Erlösung – Auferstehung. »Sie
brauchen sie nicht zu zerstören. Gehen Sie einfach weiter.«
Während Ihrer Atemübungen werden Gedanken aufkom-
men; aber egal, ob diese nun unangenehm oder reizvoll
sind, sie sind nutzlos. Bekämpfen Sie sie nicht. Atmen Sie
einfach weiter.

Wenn ein Hund kommt und uns beißt, gehen wir
einfach weiter. Wir halten nicht an und versuchen,
unsererseits den Hund zu beißen. Genauso ist es,
wenn uns das Übel folgt: Wir sollten zu ihm sagen, es
soll verschwinden, und weitergehen.

Können Sie sich vorstellen, wie leer die Warteräume der Therapeuten dann wären?

Wir sollten mit dem Übel keine Zeit verschwenden. Es wird für eine Weile herumschreien und uns dann verlassen. Ebenso wird das Weltliche kommen und sich eine Weile um uns drehen, aber wenn wir nicht zurückblicken, wird es weggehen. Und genauso werden uns die Sünden eine Zeit lang verfolgen, aber wenn wir uns nicht nach ihnen umdrehen, werden sie gehen. Sie werden sagen: »Das ist kein guter Platz für uns«, und weitergehen.

Was lehrt uns das? Schauen Sie in sich hinein und versuchen Sie herauszufinden, was es ist, das all diese Dinge anzieht. Ich sage nichts gegen Therapie, solange es eine gute Therapie ist. Aber ich glaube, dass eine Therapie, der es hauptsächlich darum geht, das Übel zu *verfolgen,* das Problem lediglich immer weiter im Kreis wälzt.

Viele Dinge werden uns eine gewisse Zeit über verfolgen. Wenn wir zurückschauen, sie breit anlächeln und glücklich über sie sind, werden sie uns überwältigen. Aber wenn wir sie nicht ansehen, werden sie gehen. Sie werden sagen: »Das klappt hier nicht. Dieser Mensch zertrampelt uns. Wir können nicht in ihn eintreten.«

In meinen frühen tibetanischen Jahren habe ich mich manchmal gefragt, warum all diese Lamas so viel lächeln. Die Antwort lautet: Weil sie durch die Dinge *hindurchsehen.*

Wenn Sie ›ins Sein kommen‹, wie wir sagen, gibt es *nichts mehr*. Sie werden dann nicht länger der Tyrannei der Gedanken unterworfen bleiben. Ziel aller Atemübungen ist, Sie zu befähigen, über die Tyrannei der Gedanken und die uns Menschen so belastenden ewigen Umläufe, in denen Gedankenformen kreisen, hinauszugelangen.

Denken Sie an den Ausdruck: »Ich bin als heiliger Gedanke gedacht«, der aus den tiefsten inneren Lehren stammt. Und Rumi sagt im *Mathnawi:* »Alles beginnt mit einem Gedanken.« Also können Sie auch sagen: »Ich bin als heiliger Gedanke gedacht. Gott behüte mich vor dieser Unwissenheit.« Denken ist von unschätzbarem Wert. Man kann es gar nicht überschätzen, so wichtig ist es. Jedoch: Was man im Zusammenhang mit Gedanken auch sagen muss, ist, dass die Folge von üblem Denken, wie zum Beispiel von gesellschaftlichem Klatsch, eine der zerstörerischsten Kräfte der Welt ist.

Vergessen wir nicht, dass ein Gedanke kein anderes Ziel hat, als sich selbst zu manifestieren. Und das einzige Geschöpf, durch das er sich manifestieren kann, ist der Mensch. Ein Tier unterliegt Instinkten und Gefühlen. Wir hingegen werden, aufgrund unserer Gier, unserer Unwissenheit und unserer unlauteren Absichten, beständig von Gedanken belagert. Und im Allgemeinen glauben wir sogar, es seien *unsere eigenen* Gedanken. Doch in den meisten Fällen haben sie gar nichts mit uns zu tun; denn *wer* ist es, der diese Gedanken hat? Wo bleibt die Möglichkeit der Freiheit und des Ins-Sein-Kommen, wenn wir unablässig gedacht werden?

Wenn wir im Hinblick auf diese Fragen ehrlich sind, wissen wir sehr wohl, wie selten wir Gelegenheit haben, wirklich frei zu sein von dieser Belagerung durch Gedanken. Die Muster, die sich ständig in verschiedenen Formen wiederholen und manchmal bis zu Psychosen führen können, bestehen aus in der Zeit eingefrorenen Gedanken. Versuchen Sie also jedes Mal, wenn Sie von Gedanken bestürmt werden, zu sagen: »Lasst mich in Ruhe«, atmen Sie und gehen Sie weiter.

ૐ

Denke nicht

JALALUDDIN RUMI

Denke nicht, verliere dich nicht in deinen Gedanken.
Deine Gedanken sind Schleier vor dem Gesicht
   des Mondes.
Dieser Mond ist dein Herz.
Jene Gedanken verdecken dein Herz.
Also lass sie gehen.
Lass sie einfach ins Wasser fallen.

ૐ

Den Tag klären

Eine Übung

WIR SOLLTEN UNS DARÜBER IM KLAREN SEIN, DASS
immer, wenn wir uns schlafen legen, etwas in den nächsten
Tag mit hinübergenommen wird. Falls wir beim Zu-Bett-
Gehen ruhig und in Dankbarkeit atmen, nehmen wir eine
ganz bestimmte Qualität mit; und eine andere Qualität
wird in den neuen Tag hinübergetragen, falls wir ver-
stimmt, zornig oder enttäuscht in den Schlaf sinken.

Wenn wir für all das dankbar bleiben, was uns gegeben
wurde, was immer es auch war, hallt der Klang dieser
Dankbarkeit in unserem Herz nach und erzeugt eine gute
Atmosphäre für den kommenden Tag. Und so betreten
wir, wenn wir am nächsten Morgen aufwachen, einen ›ge-
klärten‹ Raum, einen Raum, den zu schaffen wir mitgeholfen haben.

Haben wir erst einmal eingesehen, dass wir niemandem
auf der Welt die Schuld geben können außer uns selbst,
werden wir vielleicht nicht einmal mehr uns selbst beschul-
digen. Viel zu oft vergessen wir, dass wir alle ›nur‹ Menschen sind und keiner von uns vollkommen ist.

Immer wenn wir dies vergessen haben, wenden wir uns
in der Stille des Abends reuevoll zurück. Reue ist kein
Schuldgefühl, sondern etwas vollkommen anderes. Wir
atmen also still und dankbar, bis wir gleichzeitig das
»bitte«, das »danke« und das »es tut mir leid« in einem
Atemzug spüren können. »Bitte lass mich mich erinnern.
Danke, dass Du mir erlaubst, mich daran zu erinnern,

dass ich vergessen habe. Es tut mir leid, dass ich vergessen habe.«

In dem Moment, in dem wir all das in einem Atemzug spüren können, ist der Tag für uns geklärt. Die Vergangenheit, die vergessen war, wird durch den gegenwärtigen Augenblick gedreht und verwandelt sich in gute Nahrung für den kommenden Tag.

❧

Gebet zum Heiligen Geist

Augustinus von Hippo

Atme in mir, du Heiliger Geist, dass ich
  Heiliges denke.
Treibe mich, du Heiliger Geist, dass ich
  Heiliges tue.
Locke mich, du Heiliger Geist, dass ich
  Heiliges liebe.
Stärke mich, du Heiliger Geist, dass ich
  Heiliges hüte.
Behüte mich, du Heiliger Geist, dass ich
  das Heilige nimmer verliere!
Amen.

❧

Atmosphäre

Wenn wir uns daran erinnern,
dass wir alle dieselbe Luft teilen, bringt uns das dazu,
die Bedeutung von »Mitgefühl« zu verstehen.

DIE MEISTEN MENSCHEN VERSTEHEN NICHT, DASS DIE
Atmosphäre aus unserem Atem gebildet wird und dass sie
daher durch bewusstes Atmen verändert werden kann. Die
Atmosphäre in einem Raum wird hauptsächlich von den
sich darin aufhaltenden Personen geschaffen wie auch von
der Geometrie des Gebäudes. Und eine Atmosphäre kann
sehr lange in einem Raum verbleiben.

Lassen Sie mich Folgendes wiederholen: Der menschliche Körper besteht zu fünfundachtzig Prozent aus Wasser.
Atem enthält Feuchtigkeit, die ein elektrischer Leiter ist,
und diese Feuchtigkeit trägt die feinstoffliche Energie von
Gedankenformen, die elektrische Impulse sind. Seien Sie
daher vorsichtig mit Ihrem Denken. Wenn Sie einmal
erkannt haben, dass Atmosphäre aus Atem gebildet wird,
werden Sie zu verstehen beginnen, dass Sie ein »kosmischer Apparat für die Transformation feinstofflicher
Energien« sind, wie G. I. Gurdjieff gesagt hat, und wie Sie,
mittels des uns gegebenen Wissens, aktiv und bewusst eine
Atmosphäre verändern können.

Weder das Einatmen noch das Ausatmen sind durch
Wände begrenzt, auch nicht durch Beton- oder Stein-
mauern. Der Atem wird nur von jenen Mauern einge-
grenzt, die wir selbst errichten und die uns voneinander
trennen, nämlich den Mauern aus Groll, Neid und Stolz.

Durch sie schränken wir selbst unseren Atem ein. Wenn unsere fünfundachtzig Prozent Wasser von Zorn, Eifersucht, Gier, Eitelkeit, Furcht und dergleichen getrübt sind, schafft das, was wir ausatmen, nicht gerade eine besonders angenehme Atmosphäre. Wenn jemand einen Ort in einer ausgeprägt negativen Stimmung betritt – sich sehr schwach fühlt oder zornig ist oder was auch immer –, kann dies die Luft regelrecht aufzehren.

Finden Sie hingegen an einem Ort eine angenehme Atmosphäre vor, liegt dies bestimmt am Atem von Ihnen und den Menschen in diesem Raum, an seinem Rhythmus, seiner Schwingung und an der Liebe, die er trägt. Die Muster von Groll, Neid, Stolz wurden in Liebe aufgelöst, so dass das, was durch Ihren Atem ausströmt, hoffentlich in der Form von Licht daherkommt, reinem Licht, dem »Licht hinter der Sonne«, das nicht der Gegensatz von Dunkelheit ist.

Wenn wir das Leben lieben, wissen wir, dass uns das Denken geschenkt ist so wie alle Schöpfung, die aus einer Welt jenseits der Zeit, wie wir sie kennen, stammt. Wenn wir bewusst sind, beginnen wir zu verstehen, dass wir durch unseren Atem den Raum bereiten müssen für das schöpferische Prinzip des Lebens. Es liegt an uns, denn schließlich sind wir für unseren Planeten verantwortlich.

Und so kommen wir zum Thema »Verantwortung«. Nur *wir* können für unseren Atem und für unser Leben die Verantwortung tragen. Man mag uns verschiedene Arten zu atmen lehren, auch bestimmte Atemtechniken für besondere Zwecke, doch nur *wir* können es *tun*.

In jedem einzelnen Atemzug, den wir bewusst und in Dankbarkeit tun, hallt Seine Liebe wider wie eine Glocke des Erkennens. Gehen Sie aber nicht umher und *versuchen*

Sie, Präsenz zu manifestieren. Wenn Sie sich Ihres Atems bewusst sind, *werden* Sie Präsenz manifestieren.

Wenn wir uns daran erinnern, dass wir alle dieselbe Luft teilen, bringt uns das dazu, die Bedeutung von »Mitgefühl« zu verstehen. Wann immer Sie zum Beispiel in einen Bus oder in einen Zug einsteigen oder eine Straße entlanggehen und an einem Bettler vorbeikommen, der in einer Ecke kauert, und Sie ihm eine Münze in den Hut werfen, seien Sie sich bewusst, dass Sie beide dieselbe Luft atmen. Er weiß das wahrscheinlich nicht, aber dank Ihres geweckten Mitgefühls kann etwas Besonderes geschehen, wenn das Geldstück in seinen Hut fällt.

Wie wäre es also, wenn Sie sich Ihrer Verantwortung für die Person neben Ihnen tatsächlich stellten? Wann immer Sie sich in einer Gruppe befinden, erinnern Sie sich daran, dass sie alle die gleiche Luft atmen. Sind Sie bereit, die Verantwortung für die Tatsache zu übernehmen, dass der Mensch neben Ihnen Ihre Luft atmet und Sie die seine?

Es ist unglaublich, wie die Atmosphäre durch Ihr eigenes Atmen verändert werden kann, wenn Sie, als Folge unablässiger innerer Arbeit auf vielen Ebenen, langsam aber sicher zu verstehen anfangen, dass Sie für Ihre eigenen Gefühle vollkommen selbst verantwortlich sind. Und da der Atem nicht durch Wände begrenzt ist, kann es eine gewaltige Wirkung haben, wenn ein Mann oder eine Frau, vom Wunder des Leben überzeugt, aufrecht dasteht und bewusst atmet. Das kann einen starken Einfluss sowohl auf die unmittelbare als auch die weit größere Umgebung haben – weil es Distanz nicht wirklich gibt!

Und daher ist es keine Illusion, wenn es heißt, dass sogar die ganze Welt durch einen einzigen bewussten Menschen transformiert werden kann. Die Bibel sagt: »Wo immer du

stehst, da ist heiliger Boden.« Aber er ist nicht heilig, solange wir schlafen. Was ist ein Heiliger? Ein Mensch, in
dessen absolutem Bewusstsein der Göttliche Geist, oder
die Gnade oder wie immer Sie es nennen wollen, sich
manifestieren kann, wo und wann immer es nötig ist.

❧

Die Aufrichtigkeit deines Herzens

Jalaluddin Rumi

Wasser und Lehm, durch den Atem Jesu belebt,
  werden zum Vogel, breiten die Flügel aus und
  fliegen auf.
»Dein Gotteslob ist ein Ausatmen aus Wasser
  und Lehm; es wird durch das Einhauchen
  der Aufrichtigkeit deines Herzens zum
  Paradiesvogel.«

❧

Die zweite Geburt

*Wir können bewusst geboren werden, bewusst lieben
und bewusst sterben. Alle drei Möglichkeiten
hängen einzig und allein vom Atem ab.*

WIR KÖNNEN DEN GROSSEN GÖTTLICHEN PLAN UNTER-
stützen, indem wir lernen, in jedem Augenblick unseres
Lebens bewusst zu atmen. Wenn wir lernen, unseren Atem
zu kontrollieren, können wir zum Rhythmus der Mutter
zurückfinden, zur weiblichen Schöpferkraft, aus der wir
gekommen sind und durch die wir zur einen Quelle allen
Lebens zurückkehren. Wenn wir um die Liebe zwischen
der Mutter und dem Vater aller Schöpfung wissen, wird
aus bewusstem Leiden ein Akt der Freude.

Betrachten wir alles bisher Gesagte noch einmal, so
bleibt doch die Frage: Sind wir bereit, uns ganz und gar
einem Leben des Dienens zu weihen? Solange wir diese Verpflichtung noch nicht eingegangen sind, bleibt alles, was
danach kommt, reine Spekulation. Wir müssen den ersten
Schritt tun. In dem Maße, wie wir vollkommen ehrlich
sind und den Mut haben, jedem Augenblick zu begegnen,
werden uns die darauf folgenden Schritte gegeben werden.

An diesem Punkt ist die Verbindung zum Atem sehr
wichtig. Wenn wir gegenüber uns selbst völlig ehrlich sind
(und Ehrlichkeit gehört zu den Grundvoraussetzungen für
jene, die die Bedeutung des Weges der Liebe verstehen
möchten), wissen wir, dass wir mit dem Atem ins Leben
kommen und das, was wir »Leben« nennen, mit dem Atem
wieder verlassen.

Denken wir an die Geburt eines Kindes. Während der Zeit im Mutterleib ist der Atem der Mutter der Atem des Kindes. Erst wenn die Nabelschnur durchschnitten ist, atmet das Kind selbstständig. Können wir uns den Schock vorstellen, den dies mit sich bringt? Können wir uns auch vorstellen, welche Bedeutung diesem eigenständigen Atem zukommt, der dem Kind im Moment der Trennung von seiner Mutter gegeben wird? Dann wären wir vielleicht imstande, die Trennung vom Mutterleib und den Atem der Mutter in unserem eigenen Leben zu erkennen.

In jedem Augenblick gibt es zwei Arten des Atems: den natürlichen Atem der Göttlichen Mutter und den Atem, den wir – in unserer Illusion der Getrenntheit – versuchen, dem Leben aufzuzwingen. Wenn wir zum Atem der Mutter zurückfinden – diesem natürlichen Rhythmus, der in jedem Augenblick vorhanden ist –, haben wir die Möglichkeit, in den Schoß der Göttlichen Mutter zurückzukehren, aus dem wir wiedergeboren werden können. Dies nennen wir »die zweite Geburt«. Wenn wir über dieses Wissen verfügen, sind wir mit jedem Atemzug, den wir tun, ewig gegenwärtig und werden ewig wiedergeboren.

Wenn eine Frau auf natürliche Weise entbinden will, muss sie lernen zu atmen. Physisch gesehen ist die Geburt eines Kindes sicherlich schmerzhaft. Doch wenn wir vollkommen bewusst atmen, identifizieren wir uns nicht mit dem Schmerz, und das Kind, das geboren wird, weiß – selbst in dem Augenblick, da die Nabelschnur durchtrennt wird – tief im Inneren seiner Seele, dass es in Wahrheit keine Trennung gibt.

Wenn wir die Eltern eines neuen Zeitalters sind, das heißt auf Grund einer alchimistischen Verschmelzung auch die Mutter eines neuen Zeitalters, müssen wir die

Kunst des Atems ebenfalls erlernen. Dies ist unsere Herausforderung und auch unsere Verantwortung: das Kind zu gebären, das wir New Age nennen. Dabei gilt es, zwei Dinge zu erkennen. Erstens geben wir mit unserem Wissen um den Atem dem Kind eine Chance, die es vorher nicht hatte. Zweitens können wir diesem Kind durch eine völlig selbstlose Haltung und durch unser bewusstes Leiden zur Erfüllung verhelfen. Dann gibt es kein Zurück mehr. Der Verstand ist nicht fähig, die Wirkung all dieser Dinge zu begreifen.

> Der Verstand ist machtlos angesichts der Liebe.
> Allein die Liebe ist imstande, die Wahrheit der Liebe
> und des Liebenden zu enthüllen.
> Der Weg unserer Propheten ist der Weg der
> Wahrheit.
> Wenn du leben willst, stirb in Liebe.
> Stirb in Liebe, wenn du am Leben bleiben willst.

JALALUDDIN RUMI

Wir können bewusst geboren werden, bewusst lieben und bewusst sterben. Alle drei Möglichkeiten hängen einzig und allein vom Atem ab. Ein Tier (auch das Tier in uns) ist nicht fähig, bewusst zu atmen. Sein Instinkt bestimmt seine Atemfrequenz. Männern und Frauen jedoch ist es möglich, bewusst zu atmen. An jedem Tag unseres Lebens haben wir buchstäblich die Chance, uns des Atems bewusst zu werden und damit zu arbeiten. Ja, mehr noch: Wenn und solange wir dies nicht tun, sind wir nicht bewusst. Erscheinungen auf der physischen, mentalen, emotionalen oder psychischen Ebene können uns so sehr in die Irre führen, dass wir nicht imstande sind zu atmen.

Damit unser Atem nicht mehr rein instinktiv sondern bewusst erfolgt, müssen wir den Beobachter einschalten.

Alles, was wir lernen, all die Techniken, Übungen, Wunschbilder und Pläne – all unsere Anstrengungen werden ohne den Atem nicht ins Sein gelangen. Das ist einfach nicht möglich. Stellen Sie sich ein Kind vor, das sanft zur Welt gekommen ist. Es ›atmet‹ bereits im Mutterschoß, im Herzschlag des Augenblicks, im Schoße des Augenblicks. Dies ist genau unsere Lage. In diesem Augenblick gibt es den Herzschlag der Göttlichen Mutter. Und wir werden geatmet, obwohl wir vergessen haben, was das bedeutet.

Der Tod ist ein Tyrann. Doch wir müssen uns des Todes ständig erinnern. Obwohl wir viel zu erdulden haben, ist dies nichts im Vergleich zum Sterben. Wir werden mit dem Atem geboren, und offensichtlich sterben wir mit dem Atem. Wenn wir beim Atmen schlafen, werden wir schlafend sterben. Doch wenn wir wach sind, so heißt es, werden wir zum ewigen Leben geboren. Wozu sind wir hier? Um verantwortungsbewusste Wesen zu sein. Nichts anderes ist von Bedeutung. Im Atem können wir bewusst sterben. Wenn wir einatmen, ist absolut alles in diesem Augenblick enthalten; und wenn wir ausatmen, kommt absolut alles an seinem Platz zur Ruhe, weil wir wissen, wo es hingehört. Unser Leben hat nur in dem Maße Bedeutung, in dem wir Gott gegenüber verantwortlich sind – und allem, was dies mit sich bringt. Ohne den Atem werden wir nichts lernen.

Wir haben die Möglichkeit, die Beschaffenheit der Luft, die wir atmen, zu wählen. Deren Qualität hängt ausschließlich vom Grad unserer Bewusstheit ab. Jeder von uns ist »ein kosmischer Apparat zur Umwandlung feinstofflicher Energien« (G. I. Gurdjieff). Das sind wir und das müssen wir lernen zu sein, indem wir mit dem Atem arbeiten.

Es muss einen Atemrhythmus geben, denn es gibt den Rhythmus des Universums. Der Rhythmus, mit dem ich arbeite, wird »der Mutteratem« genannt. Es handelt sich um den heiligen Rhythmus von 7-1-7-1-7, welcher der musikalischen Oktave entspricht. Im Mutteratem atmen wir sieben Taktschläge lang sanft in den Solarplexus ein, halten einen Schlag an, um erneut sieben Taktschläge lang aus dem Herzzentrum auszuatmen. Stellen Sie sich vor, Sie seien ein Leuchtturm, der in sechs Richtungen Liebe und Wohlwollen für die ganze Menschheit ausstrahlt.

Wenn wir bewusst atmen, nehmen wir die Energien in uns auf, die Gott uns in jedem Augenblick unseres Lebens zur Verfügung stellt. Wenn wir nicht bewusst Atem holen, ist es nicht verwunderlich, dass wir nicht die Kraft haben, eine Verpflichtung einzugehen. Wenn Gott den Menschen nach Seinem Bilde schuf, ist der Mensch fähig, bewusst aus allen sechs Richtungen Atem zu holen und dabei alle Gottesreiche einzuschließen. Wenn wir von allen Seiten Atem holen und annehmen, was Gott uns zur Verfügung stellt, haben wir die Kraft, uns zu verpflichten. Wenn nicht, wird die Verpflichtung, die wir eingehen, in vielen Fällen nur eine scheinbare sein. Sie ist keine wahre Verpflichtung und wird vielleicht nicht verankert werden.

Verpflichtung kann nicht wirklich echt sein ohne den Atem, bei dem Ein- und Ausatmen im Gleichgewicht sind. Die meisten von uns atmen überhaupt nicht aus: Wir atmen ein (»Toll!«) oder verstricken uns in der Welt der Verlockungen (inneres Seufzen: »Ach!«). Wir hören auf zu atmen, nicht wahr? Der Atem stockt. Das müssen wir lernen auszugleichen, indem wir auch ausatmen. Es ist wichtig zu wissen, wann wir *einatmen* und wann wir *ausatmen* sollten – auf vielen verschiedenen Ebenen.

Wir sagen oft, wir werden etwas tun, führen es aber nie aus. Das Leben müssen wir vollenden, denn im Leben gab Gott uns die Möglichkeit der Vollendung. Wie können wir denn anderen Menschen helfen, wenn wir ihnen nicht – nach unserem besten Vermögen – den Weg zur Vollendung zeigen?

Wichtig ist hier die Aufmerksamkeit für den Atem. Versuchen Sie, sich jeden Tag etwas Zeit zu nehmen, um bewusst zu atmen. Wir sollten uns niemals darauf verlassen, dass unser Atem uns ständig weiter zur Verfügung steht, denn eines Tages wird er uns genommen werden. Bewusstes Atmen ist ganz entscheidend, wenn wir Heiler werden wollen. Im Zuge der inneren Arbeit werden unser Herzschlag und unser Atem sich verändern. Wir sollten uns also jeden Tag ein wenig Zeit nehmen, um auf den Atem zu achten.

Die Welt atmet in dir

Nikos Kazantzakis

Was ist dein Ziel? Dich mit all deiner Kraft an einen Ast zu klammern, sei es als Blatt oder Blüte oder Frucht, so dass in dir der ganze Baum sich wiegt, atmet und sich erneuert.

Nicht du bist es, der ruft. Nicht deine Stimme schallt
aus deiner kurzlebigen Brust. Mehr als nur die weißen,
gelben und schwarzen Generationen der Menschheit
rufen in deinem Herzen. Die gesamte Erde mit ihren
Bäumen und Wassern, mit ihren Tieren, mit ihren
Menschen und Göttern ruft aus dem Innern deiner
Brust. Die Erde erhebt sich in deinem Kopf und wird
sich zum ersten Mal ihres ganzen Körpers gewahr.

Ich erinnere mich einer endlosen Wüste aus gewaltiger,
lodernder Materie. Ich brenne! Vollkommen erledigt,
verzweifelt in dieser Wildnis weinend, durchquere
ich eine unermessliche, wirre Zeit. Langsam lassen
die Flammen nach, kühlt sich der Schoß der Materie ab,
erwacht der Stein zum Leben und bricht auf, und ein
zarter grüner Halm entkräuselt sich zitternd in die Luft.
Er umklammert den Erdboden, wird fester, reckt
sein Haupt und seine Blätter, greift nach Luft, Wasser
und Licht und saugt am Universum. Durch seinen
Körper hindurch – so dünn wie ein Faden – will er
das Universum holen und sich verwandeln in eine Blume,
eine Frucht, einen Samen. Will ihn unsterblich machen.

Tauche ein in diese Vision, mit Geduld und Liebe
und höchster Hingabe, bis die Welt langsam in dir
zu atmen beginnt und die Kampfbereiten erwachen,
sich in deinem Herzen vereinen und sich selbst
als Brüder anerkennen.

Hohlatmen

Eine Übung

DIES IST EINE ANGENEHME KURZE ÜBUNG: ALLES, WAS
Sie tun müssen, ist, sich auf Ihren Rücken zu legen und
sich vorzustellen, Sie seien vollständig leer oder hohl –
doch tun Sie das nicht allzu ernst, eher spielerisch. Diese
Leere ist in Wirklichkeit Ihr Lichtkörper. Atmen Sie nun
und versuchen Sie zu spüren, an welchen Stellen Sie sich
nicht hohl oder geräumig fühlen. Vielleicht verspüren Sie
einen leichten Schmerz in der Magengegend oder anderswo, aber darum geht es hier nicht. Möglicherweise finden
Sie auch Stellen, die sich nicht *hohl* anfühlen. Es ist so ähn-
lich, als würden Sie einen Raum voller Wolken betreten.

Ich musste diese Übung lernen, als ich sehr krank war
und mich nicht bewegen konnte. Wo immer Sie also finden, dass es sich in Ihnen nicht leer anfühlt, atmen Sie einfach Licht hinein. Nur sehr selten wird die Stelle, die sich
nicht hohl anfühlt, dort liegen, wo Sie sie vermutet haben.
Wenn Sie eine Weile auf diese Art atmen, werden Sie sich
plötzlich wieder vollständig hohl fühlen.

Natürlich hält das nicht lange an, aber dennoch ist es ein
reizendes Gefühl der Nichtexistenz. In Tat und Wahrheit
ist diese Hohlheit ständig vorhanden, doch manchmal
treten darin Wolken auf.

❦

Atme in mich

Jalaluddin Rumi

Unser ganzes Leben lang sehnen wir uns nach
jenem Kuss, wenn der Geist den Körper berührt.
Das Meerwasser bittet die Perle, ihre Muschelschale
zu öffnen.
Und die Lilie – wie leidenschaftlich ersehnt sie
einen wilden Liebhaber!
Des Nachts stoße ich das Fenster auf und bitte den Mond
herein, sein Gesicht an das meine zu drücken.
Atme in mich.
Schließe die Tür der Sprache, öffne das Fenster der Liebe.
Der Mond benutzt nicht die Tür, nur das Fenster.

꽃

Wach sein

Unsere Unaufmerksamkeit trennt uns von Gott.

WENN WIR ERFÜLLT SIND VON INNEREM STREIT, WENN

unsere Gefühle unser Leben fest im Griff haben, wenn wir
noch immer anderen Menschen Kummer bereiten, wenn
unsere Engstirnigkeit uns blind macht für die Tatsache,
dass Atem nicht von Mauern begrenzt ist, und wenn wir
in keiner Weise vermögen, all diese inneren Schranken

zu überwinden, dann ist es höchste Zeit aufzuwachen. Erst wenn wir demütig erkennen, dass wir, in Gurdjieffs Worten, nichts anderes sind als »Maschinen« – und das geschieht nur, wenn wir erwachen und uns dessen bewusst werden –, machen wir den ersten Schritt auf einem wunderbaren und freudigen Weg ins Leben.

Atmen ist etwas, das Sie tun *müssen,* sonst wären Sie tot. Allerdings ist es so, dass wir die meiste Zeit über tot *sind* und nur denken, wir seien am Leben. Jedes Mal, wenn Sie für den Atem wach sind, erwecken Sie sich selbst zum Leben. Jedes Mal, wenn Sie den Atem vergessen, laufen Sie Gefahr, vom Fordernden Selbst, jenem Teil von uns, der nicht wissen *will,* ›überwältigt‹ zu werden.

Je tiefer ich das erforscht habe, desto mehr sah ich ein, welch unglaubliche Verantwortung darin liegt, aufzuwachen, um bewusster zu werden – weil letzten Endes Atem und Geist eins sind und Atem Leben ist. Aber was für eine Herausforderung es doch ist, bei jedem Atemzug präsent und wach zu sein.

Eines Tages wird der Atem stoppen. Die große Frage in dem Moment wird sein, ob und wofür wir wach sind. In meinem zweiten Buch, *Wissen, dass wir geliebt sind,* war John auf seinem Sterbebett wach für die Worte: »Ich liebe euch« (womit er die Gesamtheit Seiner Schöpfung meinte), »sonst gibt es nichts.« Damit war er uns ziemlich weit voraus, mir auf jeden Fall. Denn fähig zu sein, das zu sagen, und sich dessen gleichzeitig, genau im Augenblick des Sterbens, bewusst zu sein, bedeutet, dass man in dem Moment keinerlei negative Gefühle mehr hat, keinen Groll, keinen Neid, keinen Stolz und nichts von alledem, was aus diesen drei uns voneinander trennenden Mauern resultiert.

Stellen Sie sich vor, wie es sich anfühlen würde, wenn Sie jetzt in einem solchen Zustand wären. Benutzen Sie Ihre kreative Vorstellungskraft. Erinnern Sie sich jedes Atemzugs, das heißt: Richten Sie Ihre Aufmerksamkeit auf jeden Atemzug und seien Sie sich Ihrer eigenen Gegenwart bewusst. Unsere Unaufmerksamkeit trennt uns von Gott. Je mehr wir uns unseres Atems bewusst sind, desto stärker ist unser inneres Leben. Wenn wir erst einmal vollkommen wach sind, entfaltet sich das, was in jedem Atemzug liegt, in jedem einzelnen Augenblick. Der große Sufi Muhyiddin Ibn Arabi sagte: »Alles ist im Göttlichen Atem enthalten wie der Tag in der Morgendämmerung.«

Natürlich liegt die größte Schwierigkeit darin, unseren eigenen Willen zu opfern, so dass wir Werkzeuge des Göttlichen Willens und des Göttlichen Atems werden. Dieses Opfer verlangt von uns das Aufrechterhalten einer derartigen inneren Sammlung, dass unsere Aufmerksamkeit nicht einmal für die Dauer eines einzigen Atemzugs abschweift. Denn schließlich haben wir keine Ahnung, ob wir am Ende dieses Atemzugs noch am Leben sind. Es ist also unabdingbar, uns in allen Situationen unserer selbst zu erinnern, genau zu beobachten, was geschieht, und dadurch in unserem Wesen das so genannte »beständige Ich« zu entwickeln. Man könnte es auch »das beständige Auge« nennen.*

Was heißt es, ein Beobachter zu sein, und was bedeutet es, ein Zeuge zu sein? Es geschieht etwas, wenn Sie wach für Ihren Atem sind. Wenn Sie Ihr Atmen beobachten und Ihren Gedanken erlaubt haben abzuklingen, kommt nach einer Weile eine Phase, in der Sie geatmet werden, und dann haben Sie nicht mehr die geringste Ahnung, ob Sie

---

* Im Englischen werden *I* (ich) und *eye* (Auge) genau gleich ausgesprochen.

gerade ein- oder ausatmen. Dann verkörpern Sie tatsächlich den Beobachter. Auf einer noch höheren Stufe werden Sie zum Zeugen, zum lebendigen Beweis der Göttlichen Gegenwart.

Aber man weiß nicht, wann dies eintritt. Versuchen Sie nicht, es zu erreichen. Trennen Sie nicht die spirituelle Suche von Ihrem Alltagsleben. Ohne innere Arbeit mit dem Atem und ohne, dass wir beim Atmen unser Bestes geben, füllen wir uns lediglich mit Informationen, ja sogar mit etwas, das man »Wissen« nennen könnte. Aber gelangen wir so tatsächlich in einen Zustand des Wissens, und sind wir dann wirklich Zeugen des Göttlichen?

❧

Selbst

KATHLEEN RAINE

Wer bin ich, wer
Spricht aus dem Staub,
Wer schaut aus dem Lehm?

Wer hört
Für den stummen Stein,
Und fühlt für das zarte Wasser
Mit feinen Fingern?

Wer atmet den Abendwind für den Wald,
Sieht die Rose,

Wer weiß
Was der Vogel singt?

Wer bin ich, wer fürchtet für die Sonne
Den Dämon Dunkelheit,
Hält Ordnung unter
Atom und Chaos?

Wer hat aus dem Nichts geschaut
Das Angesicht des Geliebten?

✻

Erkenntnis und Geist

*Wiedererkennen lässt den Atem
auf der Erde zum Tragen bringen.*

ES WÄRE WOHL ZU HART ZU SAGEN, DER ›NORMALE‹
Mensch sei überhaupt nicht lebendig; aber es stimmt, dass
in den meisten Fällen nur unsere tierische Natur am Leben
teilhat. Die Seele liegt schlafend in der wunderbaren Welt
der Möglichkeiten und muss geweckt werden, so wie die
schlafende Prinzessin in den berühmten Märchen. Die Seele
muss erkannt werden. Aber von wem? Die tierische Natur
mit ihrem Instinkt-Selbst, das nur aus den uns bekannten
fünf Sinnen besteht, vermag die Seele nicht zu erkennen.

Gewöhnlich ist der Mensch in einem toten Lebenskon-
zept gefangen, wird zumeist von Reizen gesteuert und hält
es im Normalfall nicht für wichtig, bewusst zu atmen. Wir

verfügen heutzutage über hoch entwickelte Technologien und bringen in der ganzen Welt unglaubliche materielle Errungenschaften zustande. Aber wenn der Mensch die Kunst und Wissenschaft des Atems nicht erlernt, werden uns die Elemente eines Tages hinwegfegen.

Doch ist es nicht das, was sie eigentlich tun wollen. Vielmehr wollen sie erkannt werden. Man kann es in der Bibel, im Koran und in vielen anderen heiligen Schriften nachlesen: Wir haben alle Elemente in uns. Wann immer ein Mann oder eine Frau die Elemente erkennt, und ebenso wenn Frau und Mann sich gegenseitig erkennen, kann etwas Großes geschehen. Stellen Sie sich doch einmal vor, wie zu verschiedenen Zeiten der Geschichte die Welt durch die Gewalt der Elementarkräfte beinahe ausgelöscht wurde. Können Sie sich auch die Einsamkeit dieser Elemente vorstellen? »Schau her!«, rufen sie. »Hier bin ich. Ich werde dir dienen, dir alles geben, wenn du mich nur erkennst.«

Wieder-erkennen bedeutet, »wieder sehen«. Wiedererkennen lässt den Atem auf der Erde zum Tragen bringen. Das Erkennen der elementaren Königreiche gibt uns die Macht (nicht persönliche Macht, sondern letztlich eine Macht der Demut), dass das geschieht, von dem wir sagen, es soll geschehen.

Doch ist dies nicht möglich ohne das Wissen um den Atem, ohne dass wir fähig werden, ›auf dem Atem zu gehen‹. Deshalb wird in der Sufi-Tradition gesagt, dass Jesus, wenn er noch mehr Glauben gehabt hätte, nicht nur über Wasser, sondern sogar über Luft gegangen wäre. Auf dem Atem oder Meister seines Atems zu sein, bedeutet, über der Zeit zu stehen, Meister der Zeit zu sein. Dann haben Sie die Zeit in Ihrer Hand, ja Sie werden buchstäblich fähig, Zeit zu erschaffen – aber nur mit dem Wissen um den Atem und der zusätzlichen ›Ingredienz‹ des Klangs.

Klang fixiert Muster. »Im Anfang war das Wort, und das Wort war bei Gott, und das Wort war Gott.« Mit Hilfe von Atem und Klang können die Elemente zu Ihren Freunden werden. Sie kommen Ihnen zu Hilfe, Sie können sie hierhin oder dorthin bitten, und sie werden Ihnen gehorchen. Alles, was wir zu tun brauchen, ist, die Elemente zu erkennen, und sie werden antworten. Wenn wir sie nicht erkennen wollen oder uns keine Mühe geben, wenn uns das alles schlichtweg egal ist, kommt es vielleicht zu Katastrophen wie Feuersbrünsten, Erdbeben, Wirbelstürmen und Überschwemmungen sowohl auf globaler als auch auf persönlicher Ebene. All dies ist lediglich ein Aspekt des Göttlichen, des einen Herrn, des einen Gottes, Der ruft: »Schau Mich an. Ich will dir helfen, wenn du Mich nur erkennst.«

Falls die Menschen nicht erwachen und diesen Ruf nach Erkennen nicht hören, braucht es womöglich, wer weiß, eine weitere Sintflut. Daher sollten wir beginnen, das Atmen zu üben, und wir sollten es, wie ich finde, schon möglichst früh auch unseren Kindern beibringen. Ohne die Kunst des Atems zu kennen, kann das Leben zu etwas Dürftigem werden, statt zu etwas Wertvollem. Und das Leben sollte nie billig werden.

Wenn die Elemente dadurch, dass wir sie erkennen, nicht zu unseren Sklaven, sondern zu unseren Freunden werden und wenn Mann und Frau in gegenseitigem Erkennen zusammenkommen, gelangen wir in das »goldene Zeitalter«, das New Age oder welchen Ausdruck Sie auch immer vorziehen mögen. Trennen Sie also niemals das Reich Gottes und all die anderen Königreiche vom

Menschen. Trennen Sie niemals diese Welten, denn sie alle sehnen sich danach, erkannt zu werden, zusammenzukommen und zu helfen.

Erlauben Sie es den gereinigten Kräften, dem *Ruh Allah,* welcher Christus, der Geist Gottes, ist, in Sie einzutreten. Sie brauchen lediglich tief einzuatmen und dann wieder auszuatmen, als wäre es Ihr letzter Atemzug. Lassen Sie Ihren ganzen Körper vom *Ruh Allah* erfüllt werden und denken Sie daran, alle Geschenke anzunehmen, die Gott uns gibt. Nehmen Sie von der Erde, vom Himmel, von vorne, von hinten, von beiden Seiten. Atmen Sie die ganze Schönheit des Mineralreichs ein. Wenn wir in Dankbarkeit einatmen, werden die Elemente von selbst an die richtigen Stellen gelangen.

Wer nimmt diesen Atemzug, wenn Atem und Geist eins sind? Wenn wir uns Gott ganz zuwenden, wie dies Jesus getan hat und Maria und jeder der Propheten, und wenn wir bereit sind und es die richtige Zeit ist und wir uns Ihm wirklich vollständig zuwenden, sind Atem und Geist eins. Das ist das Geheimnis des Gebets. Und deshalb ist Jesus – in unserer Tradition, in der Essenz der Sufi-Lehren – einer der Namen von *Ruh Allah,* dem Geist Gottes.

Was sagte Jesus zu seinen Jüngern? Er sagte nicht: »Betet in meinem Namen.« Er sagte: »Betet, wie ich es tue.« Das Wort, welches er benutzte, wird phonetisch *alaha* geschrieben. »Allah« weist ein zweites l auf, aber es ist dasselbe Wort. Ist das nicht interessant? Und gleichzeitig bedeutet es »Atem«. Wenn Sie dies wissen, werden Sie schließlich auch verstehen, dass kein Unterschied besteht zwischen Atem und Geist. Sie sind nicht voneinander getrennt, weil der Geist vom Atem getragen wird.

Im Wissen, dass Atem und Geist eins sind, trägt der bewusste Atem eines bewussten Menschen die Botschaft der Liebe für immer über Raum und Zeit, wie wir sie kennen, hinweg.

❧

Hauch mich an

EDWIN HATCH

Gottesatem, hauch mich an
Und fülle mich mit Leben neu,
Damit ich lieben möge, was du liebst,
Und deinem Tun bin treu

Gottesatem, hauch mich an,
Bis rein mein Herz und frei
Und ich mit deinem Willen will
Und tue und geduldig sei

Gottesatem, hauch mich an,
Schmilz meine Seel' in deine ganz
Bis dass der irdisch' Teil von mir
Erglüht in deinem Göttlich' Glanz

Gottesatem, hauch mich an,
Auf dass ich niemals sterbe
Und mit dir lebe ewiglich
Als dein vollkomm'ner Erbe

Zeit

Jeder bewusste Atemzug, den wir tun,
ist der Beginn der Zeit.

»ZEIT IST DAS EWIGE ATTRIBUT GOTTES.« SO LAUTET
ein Sufi-Wort, dem ich hinzufügen möchte: »Und das
Geheimnis des ewigen Lebens liegt in der Feuchtigkeit auf
dem Atem.« Ich möchte Ihnen einige Ideen vermitteln, die
Ihnen helfen sollen, das Geheimnis der Zeit tiefer zu erforschen.

Was ist Zeit? Versuchen wir, uns der Frage intelligent zu
nähern und zu erkennen, wie Zeit mit Energie zusammenhängt. Zuerst einmal gibt es dieses Etwas, das ich »natürliche Zeit« nenne und dem wir nicht wirklich entgehen
können, genauso wenig wie dem Leben als solchem.
Würden Sie Selbstmord begehen, ginge das Leben ebenso
weiter wie die natürliche Zeit. Und dann ist da jene Zeit,
die mit jedem einzelnen unserer Atemzüge geschaffen
wird, hauptsächlich mit dem Ausatmen. Wenn wir in
einer Erwartungshaltung leben, schaffen wir eben eine
Atmosphäre der Erwartung – und das verändert die Zeit.
Mit negativen oder positiven Gedanken blockieren wir
den Fluss und enden meistens im Urteilen über die
Situation oder über einen anderen Menschen oder über
uns selbst oder über irgendetwas – und das verändert die
Zeit. Jedes Mal, wenn wir eine Meinung über dies und
jenes haben und von entsprechenden Gedanken bestürmt
werden, strahlen wir diese auch aus – und das verändert die
Zeit. Wir müssen unsere *Verantwortung* übernehmen für

das, was wir mit jedem Ausatmen ausstrahlen. Weil Energie den Gedanken folgt, verschwenden wir immer dann Energie, wenn wir uns des Atems nicht bewusst sind. Und so vergeuden wir Zeit und Energie und letztendlich das Leben selbst. Aber das Leben ist so wertvoll! Und es ist das einzige, das wir haben.

Sie müssen verstehen, dass jeder bewusste Atemzug, den wir tun, der Beginn der Zeit ist. Was also könnte dies für die Idee der bewussten Evolution bedeuten? Liebe ist die Erste Ursache. »Ich war ein Verborgener Schatz und sehnte Mich danach, erkannt zu werden; so erschuf Ich die Welt, damit Ich erkannt werde«, heißt es in einem berühmten Hadith des Propheten Mohammed (Friede und Segen seien mit ihm). Wenn beim Ausatmen Liebe durch Sie ausströmt, ist jeder bewusste Atemzug ein Neuanfang. Erwarten Sie aber keinen Urknall bei jedem Ausatmen. Nein, all das geschieht Schritt für Schritt, *ya wash, ya wash,* wie es auf Türkisch heißt. Aber dennoch ist es besser, vorbereitet zu sein. Genauso wie es besser ist, sich sorgfältig auf seine Gebete einzustimmen, als sie einfach möglichst schnell herunterzuspulen und zu fragen: »Das war's. Was kommt als Nächstes?«

Nehmen Sie die Zeit niemals für selbstverständlich. Beobachten Sie sie, aber setzen Sie sie nicht einfach voraus. Denken Sie daran: Dies ist die einzige Zeit, das einzige Leben, das Sie in dieser Welt haben. Daher ehren wir das Alter, so wie wir die Kinder respektieren und lieben, weil wir alle miteinander verbunden sind über unzählige Zeitfäden hinweg, durch viele Dimensionen und Zeitebenen hindurch, ausgehend von jenem unendlich kleinen Punkt, den ich den »*ewigen Anfang* unserer Leben« nenne. Wenn Sie ›über den Sand der Zeit schreiten‹, erinnern

Sie sich an alle, die Ihnen vorausgegangen sind, und all der Opfer, die dafür erbracht wurden, dass Sie – jetzt – hier sein können. Wie viele sichtbare und unsichtbare Wesen, wo auch immer in unserer Welt, haben zum Beispiel mitgeholfen, dass es Ihnen möglich ist, dieses Buch in Ihren Händen zu halten und diese Zeilen in genau diesem Augenblick der Zeit zu lesen? Welche Speicher des Wunsches, welche Reservoirs an Hoffnung, Glaube und Vertrauen wurden geöffnet, um Sie hierher in die Arme der Bestimmung zu bringen? Hören Sie beim Atmen diesen Wesen zu. Hören Sie beim Atmen den Kindern zu, den alten Menschen, Ihren Eltern, Großeltern und Vorfahren. Sie alle sehnen sich danach, erkannt zu werden – jetzt.

Wie lange dauert die Zeit? Nur so lange, wie Sie am Leben sind. Der Rest ist Geschichte oder Illusion. Und Sie sind nur so lange lebendig, wie Sie ›auf dem Atem‹ leben. Geschichte wiederholt sich, doch, so wird gesagt, die Wirkung eines einzigen bewussten Atemzugs eines vervollkommneten Menschen erstreckt sich über mindestens zweihundert Jahre. Ich frage mich, ob Jesus, als er übers Wasser ging, seinen Atemrhythmus zählte. Die esoterische Bedeutung von »über Wasser gehen« ist »über dem Atem stehen« oder »Meister seines Atems sein« – weil Atem voller Feuchtigkeit ist. Wenn Sie über dem Atem stehen, stehen Sie über der Zeit. Dann ist die Zeit auf Ihrer Seite und Sie liegen in den Armen der Bestimmung, und befinden nicht in den Händen des Schicksals.

Wenn Sie bewusst atmen und gelernt haben, richtig zu visualisieren, was Sie zu tun vorhaben, erschaffen Sie selbst die Zeit. Nicht den Lauf der natürlichen Zeit, sondern jene Zeit, für die Sie Verantwortung übernehmen. Wenn

Sie sich weiterentwickeln und dazulernen, werden Sie eines Tages sogar in der Lage sein, Ihren eigenen Tod zu visualisieren. Nicht die Stunde, in der er kommt; aber Sie werden ihn als das visualisieren können, was er ist: nämlich ein Übergang, nicht mehr und nicht weniger. Ein Übergang, in welchem Sie Ihre Furcht, Ihren Groll und Stolz und all die anderen Schutzschilde Ihres »armen Ichs« hinter sich lassen.

Zeit ist nicht das, was Sie denken, dass sie ist. Wenn wir unser Leben verschlafen, wie können wir dann wissen, dass Atem Leben ist? Das Geheimnis des ewigen Lebens liegt in der Feuchtigkeit auf Ihrem Atem. Also ›gehen Sie über die Feuchtigkeit auf Ihrem Atem‹, was dasselbe ist wie ›über den Flug der Zeit hinwegzugehen‹. Dann und nur dann können Sie bescheiden und stolz aufrecht stehen und den Göttlichen Qualitäten helfen, sich durch den gegenwärtigen Augenblick hindurch aus dem Unmanifestierten zu manifestieren, so dass die kommende Welt in diesen Raum eintreten kann, den Sie mitgeholfen haben, in Schönheit zu erschaffen. »Gehe in der Schönheit deiner Kinder«, wie die Navaho-Indianer in einem Segensgebet sagen. In uns gibt es etwas, das manchmal »reine Zeit« genannt wird und der ewige Anfang ist. So Gott will, werden wir eines Tages einen Geschmack davon erhalten, und dann werden wir durstig danach und wollen die Quelle finden. Weniger wird uns nicht mehr genügen, denn wir werden wissen, dass wir dienen können, weil wir wahrhaftig bewusste menschliche Wesen geworden sind.

Ich würde mir wünschen, dass Sie lernen, die Zeit zu respektieren, denn wenn Sie die Zeit achten, lernen Sie möglicherweise etwas über das Leben. Das ist der Grund, weshalb ich immer und immer wieder versuche, den

Menschen die Heiligkeit des Atems nahezubringen, der das Leben *ist*. Wenn Sie einmal ohne jeglichen Zweifel wissen, dass dies das einzige Leben ist, das Sie haben, besteht die Möglichkeit – in dieser Schönheit der Zeit, denn die Zeit *kann* schön sein –, dass Sie sich selbst erkennen.

※

Es war jetzt

ILSE MIDDENDORF

Grenzen gibt es eigentlich gar nicht. Es gibt nur Übergänge. Grenzen sind viel zu hart.

Seinen eigenen Rhythmus finden, das ist das Wichtigste. Und wenn man den hat, ist man zu Hause.

Wenn man den Rhythmus finden will, braucht man Geduld.

Ausatmen ist Aussage.

Wenn Sie jetzt einen Atemzug machen, war das vorher oder nachher? Ist es jetzt? Es war nicht vorher, es war nicht nachher, es war *jetzt*.

※

Der Schoß des Augenblicks

Die Zeit der geliebten Jungfrau Maria ist nicht bloß
ein historisches Ereignis. Wann ist diese Zeit nicht?

DEN MENSCHEN, DIE IN DEN VERGANGENEN VIERZIG
Jahren bei mir studierten, habe ich immer wieder die Geschichte von Hazrati Maryam, der Jungfrau Maria, erzählt.
Ich habe sie darauf hingewiesen, dass die esoterische
Bedeutung der jungfräulichen Geburt und viele innere
Geheimnisse, die mit diesem Ereignis zusammenhängen,
uns im heiligen Koran und auch in den Lehren der Sufi-
Meister, wie beispielsweise Muhyiddin Ibn Arabi, vermittelt werden. Es wäre wirklich töricht, diese Geschichte
nur zu überfliegen und sie dann wegzulegen, so als hätten
wir sie in all ihren Facetten endgültig verstanden!

Die Bedeutung entfaltet sich mit jedem bewussten Atemzug, den ein Student oder eine Studentin in Liebe zu Gott
macht – und nicht für sich selbst. Was für ein Fehler wäre
das, und wie oft vergessen wir, uns zu erinnern! Jedenfalls
lautet die Geschichte, in meinen eigenen Worten, so:

Einmal, als Maria allein in ihrem Zimmer saß, so rein
wie am Tag, als sie geboren wurde, klopfte es an der Tür.
Maria war verängstigt, denn sie sollte allein sein und wusste von niemandem, der seinen Besuch angekündigt hätte.
Vielleicht war ihre Familie außer Haus.

Wieder klopfte es, und dann öffnete eine männliche
Gestalt die Tür. Er war der allerschönste Mann, den sie je
gesehen hatte, so bildhübsch, dass der Anblick solcher
Schönheit ihr beinahe den Atem raubte.

In diesem Augenblick, so fährt die Geschichte fort, wandte sie sich vollständig ihrem Herrn zu. Der Mann in strahlendem Licht lächelte und sagte: »Mach' dir keine Sorgen, Maria. Ich bin Gabriel, der Botschafter des Herrn. Ich bin gekommen, um dir eine frohe Botschaft, gute Neuigkeiten zu überbringen.«

Es war der Augenblick der Verkündigung. Maria, die jetzt intuitiv erkannte, wer dieser wunderschöne Mann war, entspannte sich – und in genau diesem Augenblick hauchte Gabriel den Geist Gottes, *Ruh Allah*, in sie. Daher ist Jesus nicht nur als der Retter bekannt, als der Heiler, als ein Prophet in der Linie der Propheten, sondern auch als der Geist, der Christus, der wiederkommen wird, um uns zur Wahrheit zu erheben – der Wahrheit, die wir, *insh' Allah,* alle individuell, auf unsere eigene, einzigartige Weise erleben mögen. Wir werden sie sogar *in unserer eigenen Sprache* verstehen.

Auch wird gesagt – eine weitere wichtige Botschaft – dass, wenn sich Maria in jenem Augenblick nicht entspannt hätte, es unmöglich gewesen wäre, mit Jesus zu leben aufgrund der ihm dann eigenen *kompromisslosen Natur.*

Ich überlasse es Ihnen, tief in Ihr Herz zu schauen, um die vielen Bedeutungen dieser Geschichte zu entdecken. Auf eine davon gebe ich Ihnen jedoch einen Hinweis. Was könnte wohl damit gemeint sein, wenn ich sage: »Seit der Zeit der Jungfrau Maria ist es nicht mehr notwendig zu denken«? Hat nicht Gott in der Bibel gesagt: »Fürchtet euch nicht, denn Ich bin gekommen, um euch ein Kind zu schenken, das euch und der ganzen Menschheit große Freude bringen wird« (Lukas 2.10)?

Die *Zeit* der geliebten Hazrati Maryam, der Jungfrau Maria, ist nicht bloß ein historisches Ereignis, das sich vor

zweitausend Jahren zutrug! Wann ist diese Zeit *nicht?*
Wann werden wir das endlich verstehen?

Vielleicht interessiert es Sie auch zu erfahren, dass in den
inneren Kreisen gesagt wird, das Wort, welches Gabriel im
Augenblick der Verkündigung in Maria hineinhauchte
oder *-atmete,* stamme von der aramäischen Wurzel *bsr,* die
im Arabischen das Wort *beshara* ergibt. Seine Bedeutung
auf Deutsch ist »frohe Botschaft«, »gute Neuigkeiten«.

⁊⸓

Ein Geist Gottes

MUHYIDDIN IBN ARABI

Der Geist (*Ruh*) [das heißt Christus] wurde offenbart
   aus dem Wasser Marias und dem Hauch Gabriels,
In der Form des Menschen, aus Ton gemacht,
In einen Körper gereinigt von [verderblicher] Natur,
   den er »Gefängnis« nennt;
Und wohnet darin seit mehr als tausend Jahren.
Ein »Geist von Gott«, von keinem andern:
Darum erweckte er die Toten zum Leben und schuf
   den Vogel aus Ton.
Seine Beziehung zu seinem Herrn ist so, dass er mit ihr
   in den höheren und niederen Welten wirkt.
Gott reinigte seinen Körper und erhob ihn im Geiste,
Und machte aus ihm das Sinnbild Seiner schöpferischen
   Handlung.

Der Atem der Gnade Gottes

Den Sufi nennt man »Sohn des Augenblicks«.

»ICH MÖCHTE DIR ETWAS ÜBER DIE INNERE BEDEU-
tung der Jungfrau Maria sagen, bevor wir zu ihrer Kapelle
kommen.« Hamid schien entschlossen, mich auf eine
Erkenntnis zu stoßen.

»Doch erst einmal musst du eines begreifen: Obwohl es
so aussieht, als spräche ich über ein historisches Ereignis,
ist all das, wovon ich rede, in dir selbst, und es geschieht *in
diesem Augenblick.* Es gibt keinen anderen; und was in unserer Welt vor zweitausend Jahren geschehen ist, das ist
Teil der Entfaltung dieses Augenblicks – nicht *jenes vergangenen,* sondern des gegenwärtigen Augenblicks. Es geht
weder darum, über zweitausend Jahre zurückzublicken,
noch darum, sich den Moment in seiner Vorstellung zu
vergegenwärtigen. Sei wach für diesen Augenblick in dir
selbst, und du wirst von allein verstehen. Sie mag eine gewisse Zeit brauchen, um sich in unserer Welt zu entfalten,
aber die Wahrheit – und die Entfaltung der Wahrheit – ist
immer da.«

Er verstummte. Sein Schweigen zog sich hin, und meine
Gedanken begannen umherzuwandern – von den Resten
unseres Frühstücks über den bevorstehenden Ausflug nach
Ephesus zur Reparatur des Wagens. Endlich beugte er sich
vor und sah mich eindringlich an. »Hör mir jetzt aufmerksam zu«, sagte er. »Lass deinen Geist zur Ruhe kommen
und höre nur zu.

Dein Körper ist die Jungfrau Maria. Der Geist ist Christus, das Wort, das durch Gabriel, den ewigen Boten, mitgeteilt wurde. Der Atem ist der Atem der Gnade Gottes, und dieser Atem ist es, der die Seele zum Leben erweckt. Solange die Seele nicht vom Geist belebt ist, gleicht sie dem Vogel, der noch nicht flügge ist.

Viele Pfade führen zu Gott, doch der Weg Marias ist der süßeste und sanfteste. Wenn du mit Maria, der Matrix des Lebens, der Göttlichen Mutter, eins wirst, wirst du in Christus und Christus wird in dir geformt werden, und so wirst du durch den Atem der Gnade Gottes ins Leben gerufen werden und Ihn erkennen. Denn es ist der Atem der Gnade, der das Sein verleiht. In jedem Augenblick erscheint Gott in lebendiger Form, und niemals zeigt Er Sich zweimal im selben Moment.

Maria brachte Jesus zur Welt, weil sie auserwählt worden war für dieses Werk; und deshalb wurde sie unterwiesen im Wissen von der Geburt. Es heißt, dass Gabriel, der Bote, Maria in der Gestalt eines Mannes erschien. Sie glaubte, dass er sie als Frau begehre, und sie erstarrte und wandte sich zu ihrem Herrn. Hätte sie sich nicht entspannt, wäre das Kind, das aus diesem Augenblick geboren wurde, verstockt und unverträglich gewesen – man hätte nicht mit ihm leben können. Dein Körper ist die Jungfrau Maria, der Geist ist Christus, der Atem ist der Atem der Gnade Gottes. Deine Seele bleibt im Schlaf versunken, bis der Heilige Geist sie zum Leben erweckt. In jedem Augenblick unseres Lebens wird irgendwo ein Kind geboren. Das Kind, das geboren wird, kann ein Mensch sein, der im Bewusstsein Gottes lebt, aber es kann auch verstockt sein, endlos hadernd mit dem Leben. Die Verantwortung, die in der Erkenntnis dieser Dinge liegt, ist ungeheuer. Wenn du hören kannst, was ich dir hier sage, wirst du anfangen zu begreifen. Wenn du vom Geist durchdrungen wirst, so magst du, *insh' Allah,* zum Wissen gelangen, doch das wird dir das Leben nicht leichter oder einfacher machen. Es wird das Leben schwerer machen, aber schwerer an Sinn und Entschlossenheit.

Maria ist die Göttliche Mutter. Maria ist im Blau der Flamme, und Maria ist die Matrix aller Göttlichen Gestaltungsmöglichkeiten, hier, in unserer Welt. Es ist notwendig, dass sie erkannt werde. Lerne, Gott zu lieben mit deinem ganzen Sein, mit allem, was du bist, mit deinem Herzen, deinem Geist und deiner Seele – und dann, vielleicht, wird uns allen das Verstehen geschenkt für die Bedeutung der jungfräulichen Geburt. Lerne zu beten, und deine Gebete werden zurückkommen von ebender Matrix, die das Kind formt.

Den Sufi nennt man ›Sohn des Augenblicks‹. Indem du in jedem Augenblick in Maria aufgehst, wird etwas erlöst, so dass ein Kind geboren werden kann; und was geboren wird, das ist der Sohn des Augenblicks. Dieses Kind mag zur Erkenntnis Gottes gelangen und deshalb ›Sufi‹ genannt werden, aber es mag auch sein, dass es, unerwacht, im Schlaf auf Erden wandelt – noch nicht Mensch, Gottes und der Wunder Seiner Schöpfung nicht bewusst, ohne die Erkenntnis seiner selbst und daher ohne ein wahres Verständnis der Liebe. Dein Körper ist die Jungfrau Maria – sei dessen inne in jedem Augenblick deines Lebens. Das ist die Verantwortung, die wir auf uns nehmen müssen, wenn wir zur Erkenntnis kommen, zum wahren Sein.

Maria wurde erwählt, Jesus zu gebären, weil sie ihre Reinheit bewahrte. Einfache Gemüter nennen das ihre ›Jungfräulichkeit‹, doch die Wissenden verstehen, dass

›rein sein‹ bedeutet, vollkommen anpassungsfähig zu sein, mit dem Augenblick zu fließen, wie ein dahinfließender Strom zu sein, der aus den Wassern des Lebens selbst sich speist. Rein sein, das ist Freude spenden, und Freude ist die Entfaltung des Wissens, dass Gott vollkommen ist. Das ›Werk‹, nach dem du suchst, ist der Geist Gottes, und der Geist Gottes ist Christus, der zu uns kommt, um die Welt zu erlösen. Der ewige Bote ist stets in uns – darauf wartend, den Augenblick zu entfalten durch das Wort; und eines Tages, wenn Maria abermals erkannt worden ist, wird Christus wieder erscheinen und in der äußeren Welt sichtbar werden. Denke daran, wer Maria ist, und eines Tages, wenn du bereit bist und Gott es so will, wirst du erkennen, was ich dir gesagt habe.«

❦

Belegter Glaube

Hazrat Inayat Khan

Für den Mystiker ist Atem nicht nur eine Wissenschaft, das Wissen über den Atem ist Mystik; und für den Denker ist Mystik sowohl Wissenschaft als auch Religion. Das Geheimnis des Atems ist nicht etwas, das allein über den Kopf verstanden werden kann. Die Grundsätze der Mystik fließen aus dem menschlichen Herzen. Sie werden durch die Wahrnehmung erfahren und vom Verstand bestätigt. Das ist mehr als Glaube, obwohl es dem Glauben entspringt: Es ist belegter Glaube.

Das 7-1-7-Atmen

Eine Übung

SETZEN SIE SICH AUF EINEN FESTEN STUHL. HALTEN

Sie den Rücken gerade, damit die Energie frei fließen kann. Nach einer Weile werden Sie ganz von selbst aufrecht sitzen.

Halten Sie mit den ganzen Fußsohlen Kontakt zum Boden. Die Fersen sind zusammen, die Fußspitzen zeigen leicht nach außen. Die Füße bilden ein Dreieck. Beine und Füße sollten nicht gekreuzt sein. Legen Sie die Hände auf die Knie und entspannen Sie die Arme.

Die Knie sind Hilfszentren des Solarplexus. Gleichzeitig sind sie hoch sensible Radargeräte. Wenn Sie sich die Augen verbinden und Ihre ganze Aufmerksamkeit auf Ihre Knie richten würden, könnten Sie spüren, dass von ihnen ein Energiestrahl ausgeht, der Sie davor warnt, gegen eine Wand zu laufen.

Sie können diese Übung mehrmals täglich machen, aber niemals länger als zehn Minuten.

Alle diese Übungen sollen uns helfen, der Schönheit Gottes gewahr zu werden und unser Leben in Schönheit zu leben. Bevor Sie mit dem bewussten Atmen beginnen, visualisieren Sie, was für Sie in der Natur am schönsten ist – vielleicht eine Blume, einen Baum, einen Wasserfall, das Meer oder was auch immer Ihnen wirklich viel bedeutet. Sie können bei dieser Übung die Augen schließen oder offen lassen. Wenn Sie sie geöffnet halten, konzentrieren Sie sich auf einen Gegenstand oder einen Punkt in zweieinhalb Meter Entfernung. *Dieser Gegenstand sollte aber keine Kerze sein.* Das ist sehr wichtig. Es geht hier nicht darum, über einen Gegenstand oder ein Bild zu meditieren, sondern uns auf den Atem zu konzentrieren. Auch wenn Sie die Augen schließen, stellen Sie sich das gewählte Bild oder den Gegenstand in zweieinhalb Meter Entfernung vor.

Und nun zum 7-1-7-1-7-Rhythmus des Mutteratems, dem schon in meinen früheren Büchern beschriebenen heiligen Rhythmus, der aus dem alten Ägypten stammt und auf Hieroglyphen gezeigt wird. Ich selbst lehre ihn schon sehr lange.

Da kaum jemand es gewohnt ist, aufmerksam und bewusst zu atmen, wird Ihnen diese Methode am Anfang vielleicht schwierig erscheinen. Nach einiger Übung ist es jedoch ganz einfach. Es geht darum, sieben Taktschläge lang in den Solarplexus einzuatmen, einen Schlag Pause zu machen und den Atem dann sieben Taktschläge lang aus dem »Herzzentrum«, wie wir den Punkt in der Mitte der Brust nennen, wieder auszustrahlen. Sie werden bemerken, dass dieser Rhythmus dem der Oktave entspricht. Wie in der Musik kommt es auch hier auf die Anzahl Taktschläge an und nicht auf das Tempo. Es ist gleichgültig, ob Sie langsam oder relativ schnell atmen. Sie können Ihre Atemgeschwindigkeit frei wählen.

Zu Beginn konzentrieren Sie sich einen Augenblick lang auf den Punkt im Zentrum des Solarplexus und auf das Herzzentrum in der Brustmitte. Atmen Sie dann sieben Taktschläge lang in den Solarplexus ein; und zwar gleichzeitig aus vierzehn Richtungen, von vorne und hinten, von oben und unten, von links und rechts sowie aus den acht schrägen Zwischenrichtungen. Sie können die vier Elemente einatmen, alle Mineralien, sogar Vitamine! Sie

können alles einatmen, was Ihr Körper und seine feinstofflichen Entsprechungen gerade brauchen. Fragen Sie
sich, was Ihnen fehlt, um besser dienen zu können. Und
was immer es ist, haben Sie keine Scheu, es sich zu nehmen
im Bewusstsein, dass Sie all dies tun, um zu dienen.

Nachdem Sie sieben Taktschläge eingeatmet haben, machen Sie einen Schlag Pause. Während dieser Pause lenken
Sie Ihre Aufmerksamkeit zum Herzzentrum. Dann atmen
Sie aus dem Herzzentrum sieben Taktschläge lang Liebe
und guten Willen für die gesamte Menschheit aus. Sie
atmen wieder in die vierzehn Richtungen aus und erreichen wie ein Leuchtturm alle Schiffe, die den Hafen
suchen.

An diesem Punkt kann uns ein unglaubliches Gefühl
des Staunens und der Dankbarkeit erfassen, wenn wir erkennen, dass wir wirklich imstande sind, unseren Mitmenschen und dem Planeten zu dienen.

Wenn Sie die Übung abschließen möchten, kehren Sie
langsam zurück. Werden Sie sich Ihrer Sinne bewusst.
Spüren Sie Ihren Körper und übernehmen Sie wieder
Verantwortung für ihn. Seien Sie wach für den Raum und
Ihre Umgebung und erkennen Sie sich dafür an, dass Sie
die Übung gemacht haben.

Je weiter Sie in dieser Übung fortschreiten, umso mehr
wird es Ihnen gelingen, die Qualität der Luft zu wählen,
die Sie einatmen möchten. Mit Hilfe richtiger Visualisie-
rung können Sie die Luft heiliger Orte in den verschiedenen Winkeln der Erde einatmen, ohne sich vom Stuhl,
auf dem Sie sitzen, zu erheben.

Wenn Sie das Atmen beständig verfeinern, ist diese
Übung in ihrer letzten Stufe bereits ein alchimistischer
Prozess. Sie müssen den Atem dann nicht mehr forcieren.

Er fließt leicht und mühelos wie der Flügelschlag eines Schmetterlings. Sie nehmen nur noch so viel davon, wie Sie brauchen. Im Grunde atmen Sie nicht mehr selbst. Sie werden geatmet.

Atem ist Leben! Dies ist der ruhende Pol in einer wartenden Welt.

❧

Dem Universum Leben schenken

Joseph Rael

Wir bestehen ganz aus Musik. Jedes Einatmen zeigt unser Begehren zu leben, das Pulsieren des Hier und Jetzt, und unser Universum wird erschaffen. Und jedes Ausatmen schenkt dem Universum neues Leben. So erzeugen wir die Zukunft: Das Leben, das wir wählen, bewirkt in jedem einzelnen Augenblick über unseren Atem eine Resonanz nach außen. Im einen Moment atmen wir ein und sind Gegenwärtigkeit; im nächsten atmen wir aus und sind Zukünftigkeit.

❧

Nahrung

*Ohne dass Sie sich, so oft Sie können,
an den Atem erinnern, entgeht Ihnen eine
der Nahrungsformen, die es für das Wachstum
des Auferstehungsleibes braucht.*

DIE LUFT, DIE WIR ATMEN, UND UNSERE EINDRÜCKE

gehören zu den wichtigsten Formen unserer Nahrung. Solange wir unbewusst atmen, erhalten wir lediglich das, was wir brauchen, um am Leben zu bleiben. Doch wenn wir bewusst und aufmerksam atmen, absorbieren und verdauen wir die feinstofflichen Substanzen, welche die Luft zu geben vermag, und wir ernähren so Körper und Seele gleichermaßen. Um in der Lage zu sein, diese Nahrung herauszufiltern und zum Wohle von uns und anderen in uns aufzunehmen, müssen wir zuallererst dankbar und frei jeglichen Urteilens sein.

Wie vielen Menschen begegnet man auf diesem so genannten spirituellen Pfad, egal unter welchem Etikett, die über alles und jeden eine Meinung haben. Und weil sie dermaßen vollgestopft sind mit Ansichten und Haltungen und Urteilen, können sie ihre Nahrung nicht transformieren. Sie sind unfähig, aus ihren Eindrücken Nahrung zu destillieren, weil sie sich gegenüber der Wahrheit des Augenblicks nicht öffnen, der Wahrheit, wie sie jetzt gerade ist. Und so laufen diese Menschen Gefahr zu verhungern.

Nochmal: Man wird nie »sterben, bevor man stirbt«, wenn man vorher verhungert. Ohne Dankbarkeit werden Sie nicht sterben, bevor Sie sterben – Sie werden einfach nur verhungern. Je erfüllter Sie von der Liebe Gottes sind, die auch in den Eindrücken ist und in der Luft, die Sie atmen, desto leichter fällt Ihnen das Sterben, bevor Sie sterben.

Ohne dass Sie sich, so oft Sie können, des Atems erinnern – dass Atem Leben ist und dass wir alle dieselbe Luft teilen –, entgeht Ihnen eine dieser Nahrungsformen, die es für das Wachstum des ersten ›inneren Körpers‹ braucht, den Gurdjieff den *Kesdjan*-Körper nennt. In der Sprache des esoterischen Christentums, insbesondere in der orthodoxen Kirche, wird er »Auferstehungsleib« genannt. Ohne Dankbarkeit für das Leben und Aufmerksamkeit für den Atem können wir diesen inneren Körper – der im Übrigen nur die Vorstufe eines weiteren »höheren Seinskörpers« ist – schlichtweg nicht erschaffen.

Wir verfügen über eine Form von Speicher in uns, die ich als »Reservoirs« bezeichne. Was ist ein Reservoir? Es ist eine Art Behältnis wie beispielsweise ein Wasserbecken oder ein Stausee. Ein Stausee muss gut gefüllt sein, damit stets genügend Wasser vorhanden ist, um das Land zu bewässern und im Gleichgewicht zu halten. Ist er nicht voll genug, kann das Wasser während einer Dürreperiode verdunsten, worauf sich darin Algen ausbreiten, die Fische sterben und keine Elektrizität mehr erzeugt werden kann. So ist es auch in unserem Innern. Nur speichern *unsere* Reservoirs Atem oder Geist. Und auffüllen können wir sie durch *spüren.*

Indem Sie Ihre Aufmerksamkeit und Ihre Bewusstheit ausdehnen und von dem Gebrauch machen, was wir »reines Erinnern« nennen, können Sie von überall her sämtliche Qualitäten und Elemente einatmen, die Sie brauchen. Reines Erinnern ist wie reine Schönheit. Die meisten Erinnerungen, die wir haben, basieren auf Vergleich, nicht wahr? Wir erinnern uns an etwas Schönes, doch wir haben auch die Erinnerung an Hässliches. Zu alledem gibt es immer auch ein Gegenteil. Reine Erinnerung ist jedoch etwas anderes. Mit zunehmender Bewusstheit vermögen wir, reine Erinnerung einzusetzen, sie zu verfeinern und sie so in eine bestimmte Art wichtiger Nahrung zu transformieren. Wenn Sie sich zum Beispiel inmitten des Smogs von Los Angeles befinden und versuchen, tief einzuatmen, wie können Sie dann Ihren Atem veredeln? Die Antwort lautet: durch reines Erinnern; denn Sie sind nicht durch Raum und Zeit begrenzt, Sie *denken* bloß, Sie seien es. Mittels reiner Erinnerung können wir uns Luft von einem reinen Ort beschaffen. Der selige John G. Bennett nannte das »bewusstes Stehlen«. In reiner Erinnerung kann man sich an einen heiligen Ort ›begeben‹ und von dort einatmen, ohne sich zu bewegen. Es gibt viele solcher heiligen Orte auf unserem Planeten, wie zum Beispiel den Berg Kailash in Tibet. Sie mögen Ihre eigenen besonderen Orte haben. Vielleicht ist es ein bestimmter Baum; Bäume lieben es, erkannt zu werden. Von einem solchen Ort her können Sie immer einatmen und diese Luft veredeln.

Wenn Sie das tun, müssen Sie auf jeden Fall wach und aufmerksam sein. So lange Sie Ihren Atem beobachten, können Sie mit Ihrer kreativen Vorstellungskraft all diese Bilder heraufziehen lassen und Ihre Reservoirs mit einem Geschmack von Schönheit auffüllen. Falls Sie allerdings Ihren Atem vergessen, verkommt die Vorstellungskraft leicht zu Fantasterei, Wunschvorstellungen und Sentimentalität – und das ist eine viel zu niedrige Stufe. Es geschieht sehr leicht, dass man in Sentimentalität verfällt. Das Schlüsselwort ist *Schönheit.* »Der einzige Zweck der Liebe ist Schönheit.«

So lange Sie bewusst atmen, können Sie all die uns von Gott gegebenen Gaben in sich aufnehmen; darunter sind die Elemente Feuer, Erde, Luft und Wasser. Wenn Sie in Dankbarkeit einatmen, werden diese Elemente zur benötigten hochwertigen Nahrung verfeinert, die an die richtigen Stellen fließt und Ihre Reservoirs wieder auffüllt (vgl. dazu die Reservoir-Übung auf Seite 136). Strahlen Sie beim Ausatmen den Atem, den Geist, in Form von Licht aus. Dieses Licht ist nicht der Gegensatz zu Dunkelheit, sondern das Licht des Verstehens, das Licht des Wissens, das Licht der Freundschaft. Denken Sie daran: Mauern halten den Atem nicht auf, der Fußboden hält den Atem nicht zurück. Und wenn Sie auch noch Ihre eigenen Mauern einreißen, die Mauern aus Groll, Neid und Stolz, kann nichts mehr den Atem der Liebe aufhalten.

Im Fall von *Feuer* visualisieren Sie nicht etwa Flammen, sondern die Qualität der Sonnenwärme. Psychologisch oder emotional gesprochen können Sie an Freundlichkeit denken, an Wärme, an alles Schöne. Dieses innere Feuer erzeugt Licht und transformiert die Rückstände, »die Schlacke«, wie man es in der Alchimie nennt. Diese Wärme kann man auf vielen Wegen einatmen. Ich selbst visualisiere jeweils einen Lichtstrahl, der von der Sonne kommt. Füllen Sie Ihre Reservoirs mit diesem Element des Feuers auf. Wenn Sie es richtig machen, entsteht oft ein überwältigendes Gefühl von Freude und Herzlichkeit, so als sei die Morgendämmerung zurückgekehrt und die Welt, für den heutigen Tag, in Sicherheit. Manchmal ist diese Freude so groß, dass ich mich bewegen und sogar tanzen möchte. Und normalerweise sind solche Gefühle, wie Sie sicherlich wissen, recht ansteckend und können für viele heilsam sein.

Beim Element *Erde* erinnern Sie sich an Ihre Verbundenheit mit der Erde und atmen alle ihre Aspekte ein: die
Schönheit des Mineralreichs, das Pflanzenreich, all die verschiedenen Königreiche Gottes. Sie können jedes einzelne
Mineral auf diesem Planeten einatmen. Wenn Sie an einen
heiligen Ort reisen, können Sie die Realität der reinen Erinnerung spüren, die noch immer in den Kristallen im
Boden steckt. In Australien zum Beispiel leben die Aborigi-
nes seit vierzigtausend Jahren; doch Sie brauchen Ihr
Zimmer nicht zu verlassen, um die Elemente der Erde von
dort einzuatmen. Was bedeutet die Erde für *Sie?* Die
Bäume, die Pflanzen, all das? Wir *leben* auf der Erde. Wenn
wir uns daran erinnern, ist es unmöglich, *nicht* dankbar zu
sein – wir sind es dann wie von selbst. Und so schenken
wir unserer Erde, den Erdelementen in uns, Leben.

Beim Element *Luft* atmen Sie die feinste Luft ein, die Sie
sich vorstellen können. Auch dafür brauchen Sie den Ort,
an dem Sie sich befinden, nicht zu verlassen. Holen Sie
diese Luft mit Hilfe reiner Erinnerung zu sich. Sie können
sich die feinste Bergluft irgendwo auf der Welt vorstellen.
Für mich wird das immer die Luft der Westküste Schott-
lands sein. Aber jeder von uns hat seine persönlichen
Vorstellungen und Ideen davon, wie reine Luft zu sein hat.
Sie wissen, was Luft und Sauerstoff mit Wasser machen.
Wenn man einem Stausee Luft zuführt, verbessert sich die
Wasserqualität in jeder Hinsicht und die Fischfauna wird
reicher. Vergessen Sie nicht, dass wir zu fünfundachtzig
Prozent aus Wasser bestehen.

Und so sind wir beim Element *Wasser* angelangt. Atmen
Sie pures Wasser ein. Überall auf der Welt hat man mittler-
weile erkannt, dass Wasser der wertvollste Rohstoff auf
unserem Planeten ist. Versuchen Sie, das reinste Wasser zu

wählen, das Sie finden können, Wasser wie es sein sollte. Uns alle dürstet danach, nicht wahr? Denken Sie an die Schönheit von Wasser, seine Bewegung, seine Stille. Durch bewusste Wahl und liebende Aufmerksamkeit verwandeln wir das Wasser in uns.

Wenn Sie diese Elemente und alle anderen Qualitäten, die Sie eventuell brauchen, einatmen, sollten Sie immer *vollkommen eigennützig* sein und sich daran erinnern, dass Gott uns alles gibt. Und wenn Sie ausatmen, seien Sie *vollkommen uneigennützig* und bieten Sie wieder dar, was Sie zu teilen haben. Anders gesagt: Saugen Sie diese Qualitäten nicht ein, um Macht zu erlangen; tun Sie es nicht für sich selbst. Es geht nur darum, sich zu erinnern und dann zurückzugeben. Sogar ein Baum möchte teilen. Aber *projizieren* Sie auch nichts nach außen, seien Sie nicht ehrgeizig.

Seien Sie dankbar dafür, dass Sie leben, und dann wird das, was Sie ausatmen, von selbst an die richtigen Stellen gelangen, weil nichts außerhalb von Ihnen liegt. Vieles *scheint* außerhalb zu sein, aber in Wirklichkeit liegt nichts außerhalb des Raumes Ihrer Armlänge. Also zögern Sie nicht, Ihr eigenes Universum, Ihre eigenen Welten durch Ihr Ausatmen zu füllen.

So wie Sie jeden Tag Ihres Lebens etwas essen müssen, können Sie auch täglich zehn, fünfzehn Minuten dem bewussten Ein- und Ausatmen widmen und damit Ihre Reservoirs wieder auffüllen – zu Ihrem eigen Wohl und zum Wohle anderer. In christlichen Zusammenhängen sagt man: »Mein Becher fließt über.« Das ist der Kelch. Und so können Sie sich vorstellen, dass der Kelch – wenn Ihre Reservoirs gefüllt und Ihre Hände die Verlängerungen Ihres Herzens sind – an andere weitergereicht werden kann.

Die Brücke

Hazrat Inayat Khan

Es ist das Geheimnis des Atems, das den Mystiker erkennen lässt, dass das Leben nicht der materielle Teil des menschlichen Wesens ist, sondern aus dessen unsichtbarem Teil besteht. Der Atem ist die Brücke zwischen Seele und Körper, wodurch die beiden verbunden bleiben. Er ist das Mittel ihrer Wirkung und Reaktion aufeinander.

❧

Richtungen

*Jede innere Arbeit mit dem Atem hilft dabei,
Platz für die kommende Welt zu schaffen.*

SICHER WERDEN SIE VERSTEHEN, DASS ES NICHT AUS-
reicht, einfach nur Texte über den Atem und das Atmen zu lesen und dann das Buch wieder ins Regal zurückzustellen. Offensichtlich bedarf es des intensiven täglichen Übens sowie der Kontemplation über die Ideen und Blickwinkel, die ich lehre. Und um wirklich zu verstehen, müssen Sie ›tief schürfen‹.

Was könnte es zum Beispiel bedeuten, »aus unterschiedlichen Richtungen einzuatmen«? Ich sage, dass man aus

vierzehn verschiedenen Richtungen in den Solarplexus einatmen kann. Natürlich ist damit mehr verbunden, viel
mehr, als nur ein geometrisches Bild, in welchem Sie sich
vorstellen, Sie säßen im Zentrum der sich kreuzenden
Richtungen von oben und unten, von vorne und hinten,
von links und rechts sowie von den verbleibenden acht
schrägen Zwischenrichtungen. Je tiefer Sie nach der in
diesen Ideen versteckten Wahrheit graben, desto besser
können Sie sehen, weshalb dieses Einatmen aus verschiedenen Richtungen eine so transformative Wirkung auf Sie
selbst und damit auf die Zukunft dieses Planeten haben
kann. Also betrachten wir einige Aspekte dieser Richtungen
und was sie bedeuten könnten etwas genauer.

Jede innere Arbeit mit dem Atem, und natürlich auch
Übungen wie zum Beispiel Yoga, helfen dabei, Platz für
die kommende Welt zu schaffen. Aber die kommende
Welt, so pflegte mein geliebter Lehrer Bulent Rauf zu
sagen, wird kommen, »wann sie kommen wird, und nicht
wann du glaubst, sie werde kommen.« Es ist sehr wichtig,
dass wir uns daran erinnern. Aus demselben Grund sagen
wir auch: »Geduld ist der Schlüssel zur Freude.« Wir bereiten den Weg und sind gleichzeitig unser eigener Vorbote.
Diese Haltung, glaube ich, ist bei jeder Atemübung von
entscheidender Bedeutung. Doch darüber liest man kaum
je etwas, und oft ist es tatsächlich so, dass Atemübungen
lediglich den spirituellen Ehrgeiz schüren, was für niemanden gut ist.

Wenn ich sage: »Atmen Sie *von oberhalb* Ihres Kopfes
ein«, meint das nicht einfach den physischen Kopf. Einige
esoterische Schulen nennen das »siderische Energie«, und
damit ist die Welt der Sterne gemeint. Mit anderen Worten: Sie atmen aus einer anderen Dimension ein, als aus

denjenigen, die wir gewöhnlich erfahren. Ich war noch sehr jung, als ich das zum ersten Mal gelehrt wurde, und ich erinnere mich, wie mein damaliger Lehrer zu mir sagte: »Wenn du dir der Sterne bewusst sein kannst, während die Sonne noch scheint, weißt du, was es bedeutet.«

Atem ist unbegrenzt. Alles ist uns bereits gegeben; wir brauchen es nur durch Liebe zu erwecken. Die Energie der Sterne und Planeten ist zur Gänze für uns da, und doch können wir unseren Weg durchs Leben gehen und uns niemals, während die Sonne noch scheint, der Sterne bewusst sein. Indem wir aktiv empfänglich, aufmerksam und in liebender Freundlichkeit sind, können wir Sternenenergie von oben einatmen. Wie hört man zum Beispiel auf das, was ein Vogel möchte? Man drängt ihn nicht, man *liebt* ihn, so dass *er* zuhört – und dann kann man hören, was der Vogel will. Auf dieselbe Art und Weise können Sie sich all diese wundervolle Sternenenergie vorstellen, wie sie in jeden von uns herabfließt, und in Liebe vermögen wir, sie einzuatmen.

So können wir die Energie der Sterne und der Sonne und der Planeten einatmen, und keine Wolken stellen sich in den Weg, nicht einmal unsere ganz persönlichen Wolken. Dies alles wurde uns zur Unterstützung gegeben, so wie es im Koran [10:25 und 16:67] steht,

> wie das Wasser, das Wir herabsenden aus den Wolken; dann vermischen sich damit die Gewächse der Erde, davon Mensch und Vieh sich nähren [...] Wahrlich, auch am Vieh habt ihr eine Lehre. Wir geben euch zu trinken von dem, was in ihren Leibern ist [...] Milch, lauter und angenehm denen, die trinken.

Und so sind uns die Milch und das Leder und so viele andere Geschenke gegeben.

»Von oben« besitzt offensichtlich auch die Symbolik einer kommenden Welt, die sich noch im Zustand des Sich-Formens befindet. »Wie oben, so auch unten.« Wie könnte eine sich bildende Welt, die hereinkommen möchte, dies tun, solange wir nicht leer sind, solange wir noch voll von unseren Urteilen und allem Möglichen sind? Am Beispiel der »Parkplatzengel« kann man dies leicht veranschaulichen. Wenn Sie einen Parkplatzengel darum bitten, werden Sie fast mit Sicherheit einen Parkplatz finden – falls Sie vorher »bitte« und nachher »danke« sagen. Wenn Sie aber nach einiger Zeit vergessen, sich zu bedanken, gehen die Engel woanders hin, weil alle Engel mit guten Manieren geboren wurden. Es wird ihnen einfach langweilig und sie schauen sich anderswo um. Es geht also schlicht nur darum zu sagen: »Kann ich bitte einen Parkplatz haben?«, und »danke«, wenn Sie einen finden.

Wenn wir davon sprechen, *von unten* einzuatmen, durch unsere Füße, reden wir natürlich vom Einatmen von Erdenergie. Sie können sämtliche Elemente des mineralischen Königreichs und des pflanzlichen Königreichs einatmen, von denen Sie spüren oder denken, dass Sie sie benötigen. Doch eigentlich müssen Sie nicht einmal denken, denn Gott kennt Ihre Bedürfnisse. Seien Sie also einfach dankbar dafür, dass das Wissen erkannt werden kann und dass wir alle einzigartig verschieden und einmalig schön sind. Fühlen Sie ihre Erdverbundenheit, und durch Einatmen von unten versorgen Sie sich mit einer bestimmten Energie, einer besonderen Art von Kraft.

Erinnern Sie sich stets daran, dass der Atem nicht von Mauern oder Fußböden begrenzt wird. Es spielt keine

Rolle, ob Sie über einem fünfzehn Zentimeter dicken Betonboden sitzen. Seien Sie in Bezug auf diese Dinge weder zu puritanisch und kleingeistig noch zu sentimental. Sie können im 58. Stock eines New Yorker Wolkenkratzers sitzen und dennoch von unterhalb der U-Bahn-Ebene einatmen. Die Erde ist immer ›unter‹ Ihren Füßen. Es ist lediglich unsere eigene Vorstellung des Getrenntseins, die uns glauben machen will, wir müssten dafür an einem besonderen Ort sein. Denken Sie daran: »Wo auch immer du stehst, da ist heiliger Boden.« Wir müssen lernen, überall und jederzeit bewusst zu atmen.

Nun kommen wir zum Einatmen *von hinten,* was natürlich mit der Vergangenheit in Zusammenhang steht. Man geht ja schließlich nicht rückwärts auf Weihnachten zu, oder? Meist tragen wir unsere Vergangenheit wie einen Rucksack mit uns herum, und wir haben entsetzliche Angst davor loszulassen. Viel von dem, was in der Vergangenheit geschehen ist, schlucken wir hinunter und vergessen es, weil wir uns ihm nicht stellen wollen. Aber im relativen Sinn kann jedes Ereignis entweder als positiv oder als negativ betrachtet werden, nicht wahr? Was für mich sehr gut sein kann, mag für Sie ein Fiasko sein, und umgekehrt. Doch wir dürfen nicht darüber urteilen – es ist.

Wenn wir uns also dem »Einatmen von hinten« zuwenden, liegt der große Schlüssel darin, nicht zu urteilen. Wenn wir uns anschauen, worüber wir urteilen und wen wir beurteilen, was wir als »richtig« oder »falsch« bewerten und so weiter, sehen wir, wie beschränkt wir sind. Jeder religiöse Führer, jeder spirituelle Lehrer hat mit diesen oder jenen Worten gesagt: »Du sollst nicht verurteilen.« Wissenschaftlich, zumindest in der modernen Psychologie und ganz sicher in der mystischen Weisheit, ist es relativ einfach zu erklären weshalb. Es gibt diesen berühmten Ausspruch: »Du kennst den Namen einer anderen Person nicht vor ihrem letzten Atemzug.« Wir verbringen unser Leben mit dem Urteilen über das, was wir sehen, ja wir beurteilen sogar das Wesen einer anderen Person, indem wir vorgeben, in ihr Innerstes blicken zu können. Doch je mehr wir urteilen, desto weniger *können* wir tatsächlich sehen.

Wenn Sie von hinten einatmen, übernehmen Sie bewusst die Verantwortung, eingefangene Energie wiederzuerwecken. Eingefangene Energie ist hier weder negativ noch positiv gemeint. Es geht darum, etwas durch Wiedererkennen zu erwecken; fast so, als gäben Sie ihm das Leben zurück, so dass ein Fließen entsteht. Wenn Sie von hinten einatmen, wecken Sie möglicherweise Erinnerungen, die Sie nicht haben möchten. Doch sollten wir fähig werden, jeden Tag eine sanfte Art von Mut zu entwickeln, so dass wir aufhören, diese eingefangene, manchmal sogar zu Kristallen verhärtete Energie in unserer eigenen Wirklichkeit wie in einem Rucksack anzusammeln.

Jegliche Transformation geschieht im und durch den gegenwärtigen Moment. Und es gibt keinen gegenwärtigen Augenblick ohne ein bewusstes menschliches Wesen. Wenn wir also von hinter uns einatmen, atmen wir die Vergangenheit ein, sowohl den unerlösten Schmerz als auch die Schönheit; aber wir betrachten nicht das eine als hässlich und das andere als angenehm. Vielmehr atmen wir ein, ohne zu urteilen, und bringen alles, was zurückgebracht werden muss, ins Licht. Wir respektieren und ehren unsere Eltern und unsere Vorfahren – was man wörtlich *und* im übertragenen Sinne verstehen sollte – weit zurück über die Zeit hinaus, an die wir uns erinnern können. »Ehre deinen Vater und deine Mutter, so dass du lange auf

der Erde leben mögest.« Auf diese Weise kommen wir
dankbar im gegenwärtigen Augenblick ins Sein.

Atmen Sie ein, lassen Sie es hereinkommen. Mir selbst
haben stets diese beiden Wörter geholfen zu überleben:
Dankbarkeit und *Vergebung.* Wir alle machen Fehler, und
ich denke, ich habe mehr als die meisten gemacht. Also
seien Sie erst einmal dafür dankbar, dass Sie es geschafft
haben, auf Fehler aufmerksam zu werden, denn »Dankbarkeit ist der Schlüssel zum Willen.« Dann bitten Sie um
Verzeihung, ohne Schuldgefühle. Denken Sie daran: »Er
ist der Alles-Vergebende.« Und früher oder später wird
das, was jenes Fehlermuster gefangen hält, schmelzen.
Doch Sie müssen vertrauen, weil dies nicht in der sequen-
ziellen Zeit und in dem von uns erwarteten Timing geschieht. Wann es geschieht, weiß man nie.

Und so atmen Sie von allen Richtungen ein, von oben
und unten, von vorne und hinten und von allen anderen
Richtungen und transformieren Ihren eigenen Schmerz,
Ihre eigenen Ängste, und wenden sich der Einen Quelle
zu. So Gott will, erhalten Sie in genau dem Augenblick die
Zutat, die Ihnen in dem Prozess weiterhilft. Nehmen Sie
diese Ingredienz. Wenn die Energie vollständig umgewan-
delt ist, ist sie grenzenlos.

Bringen Sie schließlich Ihre Aufmerksamkeit zur Mitte
Ihrer Brust, dem so genannten »Herzzentrum«. Und wenn
Sie von dort ausatmen, wiederum wie ein Leuchtturm in
alle Richtungen, strahlen Sie diese Energie aus, die nun in
Licht und Liebe verwandelt wurde. Atmen Sie sie in eine
wartende Welt aus. Aber projizieren Sie sie nicht auf andere Menschen. Sie wird wie ein Fluss dahin gelangen, wo sie
gebraucht wird. Jemand in China oder Russland oder
Bosnien mag sie erhalten. Machen Sie sich ums Zählen

keine allzu großen Sorgen, atmen Sie einfach ruhig ein und aus. Seien Sie. Aus diesem Zustand des Seins kann etwas werden, denn »es gibt keine Schöpfung in der relativen Welt, es gibt nur das Werden des Seins.« Fühlen Sie die Herrlichkeit Gottes in Ihrem eigenen Herzen. Wenn Sie es richtig machen, erklingt in der Welt, die Gott uns gegeben hat, ein Freudenschrei des Wiedererkennens. Das gehört zum *Dhikr,* zum Erinnern, wenn wir Gott und Seine Schöpfung als *eins* erkennen.

Nur dieser Atem

Jalaluddin Rumi

Nicht Christ oder Jude oder Muslim, nicht Hindu,
Buddhist, Sufi oder Zen. Keinerlei Religion

oder Kultur. Ich bin nicht aus dem Osten oder
dem Westen, komme nicht übers Meer oder

vom Festland her, bin weder natürlich noch himmlisch,
oder aus den Elementen geformt. Ich existiere nicht,

bin kein Wesen, nicht in dieser noch in der nächsten Welt,
stamme nicht von Adam und Eva oder aus sonst einer

Geschichte. Mein Ort ist das Ortlose, eine Spur
aus dem Spurlosen. Weder Körper noch Seele.

Ich gehöre dem Geliebten, habe die beiden Welten
als eine gesehen, und diese eine suche ich und kenne

zuerst, zuletzt und außen und innen nur dieses
Atem atmende menschliche Sein.

꽃

Auffüllen der Reservoirs

Eine Übung

ALLE ÜBUNGEN, WELCHE DIE KUNST UND WISSEN-
schaft des Atems betreffen, basieren auf dem einfachen
Ausspruch: »Atem ist Leben.« Schon allein das Wiederholen dieser Wörter kann eine tiefgreifende Wirkung auf
das Wohlergehen einer Person haben. Der Satz kann zum
Beispiel betont werden als: »Atem ist *Leben*« oder »Atem *ist*
Leben«. Gemäß dem inneren Verständnis aller alten Traditionen sind Atem und Geist nicht getrennt – wenn wir
erst einmal zu wahrem Verstehen gelangt sind. Sie sind ein
und dasselbe, aber nur in der Erkenntnis der Göttlichen
Einheit. Auch die Sioux-Indianer in den Vereinigten
Staaten, mit welchen ich viel Kontakt hatte, sprechen
davon. Und das Gleiche steht in der Bibel, in der Thora
und im Koran, wenn Sie sorgfältig lesen, was dort erklärt
wird.

Die nachfolgend beschriebene Übung ist eigentlich eine
besondere *Destillation* aus über vierzig Jahren Meditations-
training und aus verschiedenen anderen Atemübungen.

Ich habe hier aber nicht etwa westliche und östliche Praktiken vermischt, wie zum Beispiel Hatha-Yoga und Sufi-Übungen. Vielmehr habe ich auf Basis meiner langen Erfahrung eine Übungsabfolge zusammengestellt, die nützlich sein kann für die westliche Kultur und den westlichen Verstand, welche sich in ihrem Verständnis von Psychologie und Spiritualität doch sehr unterscheiden vom Mittleren und vom Fernen Osten.

Die Zirkulation der Lebenskraft, die in den verschiedenen Traditionen unter jeweils anderen Namen bekannt ist, etwa als *chi* oder als Prana, ist entscheidend für unsere mentale, psychologische und physische Gesundheit. Visualisation ist ebenfalls ein wertvolles Werkzeug, wenn sie zusammen mit dieser Übung angewandt wird. Natürlich hat jede Übung einen ihr zugrunde liegenden Zweck, und hier hat er mit Harmonie, Fluss, Frieden und der Erkenntnis der Einheit zu tun. Es handelt sich im Wesentlichen um eine einfache Übung, die wenig Zeit beansprucht; und doch wird sie Ihnen, wenn Sie öfter damit arbeiten, schon bald gut tun. Aber Regelmäßigkeit ist wie immer sehr wichtig.

Aus persönlicher Erfahrung kann ich mit Gewissheit sagen, dass, genauso wie die Batterien eines Autos aufgeladen werden müssen, es für uns alle Zeiten gibt, in denen wir unsere Reservoirs so sehr aufgebraucht haben, dass es besonderer Anstrengungen bedarf, unsere ›Batterien‹ mit dieser speziellen Energie wieder aufzufüllen. Ich schlage Ihnen vor, die Übung normalerweise nur etwa viermal am Tag zu machen – der ganze Zyklus dauert lediglich zwölf Abfolgen bewusster Atemzüge –, aber wenn Sie spüren, dass Ihre Energie aufgrund von Krankheit oder aus anderen Gründen auf einen Tiefststand gefallen ist, ist es durchaus möglich, die Übung öfter am Tag zu machen. Natürlich ist es am besten, wenn wir sie an der frischen Luft ausführen, und die idealen Zeiten liegen immer zwischen zwei und vier Uhr morgens oder bei Tagesanbruch, sowie über Mittag und bei Sonnenuntergang. Wenn es Ihnen aus irgendwelchen Gründen nicht möglich ist, die Übung auf einem Stuhl sitzend auszuüben, können Sie dies auch auf dem Rücken liegend in einer möglichst entspannten Position tun. Falls jemand da ist, der in schwierigen Zeiten mit Ihnen atmet und vielleicht Ihre Hand hält, kann die stärkere der beiden Personen der schwächeren helfen, ohne aber die eigene Prana-Energie völlig zu erschöpfen.

Ich werde den Ablauf nun sehr einfach beschreiben. Es ist wichtig zu verstehen, dass Sie nicht *denken* können, während Sie üben. Daher ist es notwendig, zuerst die Methode auswendig zu lernen, und anschließend die Übung einfach *zu machen*. Bitten Sie nicht um eine Belohnung; erwarten Sie keine bestimmten Resultate. Führen Sie die Übung einfach in und für die Liebe aus.

Widmen Sie, bevor Sie beginnen, Ihre innere Arbeit immer dem Höchsten, Gott oder welchen Namen Sie als Ihre persönliche Wirklichkeit benutzen wollen, und sprechen Sie am Schluss, nachdem Sie Ihr Bestes gegeben haben, die Übung so gut wie möglich auszuführen, ein Gebet der Dankbarkeit. In dieser inneren Arbeit gibt es weder Erfolg noch Versagen.

Setzen Sie sich so aufrecht wie möglich auf einen Stuhl, ohne sich zu verkrampfen, und öffnen Sie Ihre Beine in einem 45-Grad-Winkel. Die Hände ruhen entspannt auf den Knien. Wenden Sie sich immer in Richtung des momentanen Sonnenstandes, also zum Beispiel am frühen

Morgen gegen Osten. Fühlen Sie sich in Ihrem Körper vollkommen *gegenwärtig* und lockern Sie Spannungen in Schlüsselbereichen wie den Schultern und dem Nacken.

Kommen Sie nun in den Mutteratem, das heißt in den Rhythmus 7-1-7-1-7. Atmen Sie sieben Taktschläge lang ein, pausieren Sie einen Schlag, atmen Sie wieder sieben Taktschläge lang aus, pausieren Sie erneut einen Schlag und wieder von vorn. Der Atem sollte beim Einatmen aus allen vierzehn Richtungen – von vorne und hinten, von oben und unten, von links und rechts sowie aus den acht schrägen Zwischenrichtungen – in den Bereich des Solarplexus gebracht werden, und sogar noch tiefer in den Bauch; dann wird die Aufmerksamkeit ins Zentrum der Brust gebracht, worauf beim Ausatmen aus dem Bereich der Brust in alle vierzehn Richtungen *ausgestrahlt* wird. Stellen Sie sich zum Beispiel vor, Ihr Bewusstsein befände sich zu diesem Zeitpunkt genau in der Mitte eines Leuchtturms am Meer. Fahren Sie ohne Anstrengung mit diesem Atemrhythmus in einem für Sie angenehmen Tempo fort. Noch einmal: Strengen Sie sich nicht zu sehr an. Es braucht Zeit, diesen Rhythmus, der dem musikalischen Gesetz der Oktave folgt, so zu beherrschen, bis er schließlich beinahe zu Ihrer zweiten Natur wird.

Es gibt in der feinstofflichen Anatomie des Menschen zwei Stellen, die ganz besonders wichtig sind und auf die wir uns in dieser Übung konzentrieren wollen. Ich nenne sie das *erste* und das *zweite Reservoir*. Sie befinden sich im Bereich hinter dem Brustzentrum sowie im Zentrum des Gehirns. Diese Stellen können als Aufbewahrungsgefäße dienen für *chi*, die Lebenskraft, den *élan vital* oder wie immer Sie es nennen wollen, und sie werden durch den Atem aktiviert, von dem wir nun wissen, dass er eins mit dem Geist ist und den wir durch unsere aktive Aufmerksamkeit auf das Atmen steuern. Diese Reservoirs sind mit den unterschiedlichen Teilen der feinstofflichen Anatomie des Menschen über viele verschiedene Kanäle, inklusive der Akupunkturmeridiane, verbunden. Die Vorteile, die dieses Wissens für unser tägliches Leben hat, sind offensichtlich.

Nun beschreibe ich die praktische Ausführung der Reservoir-Übung. Sie umfasst drei Zyklen aus je vier Abfolgen von jeweils zweimaligem Ein-und-Ausatmen. Während Sie aufrecht auf Ihrem Stuhl sitzen, visualisieren Sie zunächst einen Lichtstrahl, der sich von sehr, sehr weit über Ihnen durch die Spitze Ihres Kopfes ausbreitet, und dann geradewegs durch Ihre Wirbelsäule hinunter und durch das Steißbein in den Boden fließt, wo er sich sozusagen verankert. Seien Sie sich zutiefst und in Dankbarkeit des Bodens unter Ihren Füßen bewusst, der Mutter Erde, sowie der Universen reinen Lichts über Ihnen. Seien Sie der Vorderseite Ihres Körpers gegenüber wach, die sich ins Unendliche ausdehnt, und auch gegenüber demjenigen, das ›hinter‹ Ihnen liegt, das sich im relativen Sinn ebenfalls weit zurück ausdehnt. Unser Zentrum ist in der Mitte dieses imaginären Kreuzes, in die das Licht von allen Richtungen hereinströmt und sich wieder in alle Richtungen ausbreitet – sogar von den Engeln strömen Lichtstrahlen herein. Es ist, als säßen Sie im Zentrum eines Lichtkristalls.

Die **ersten vier Abfolgen** beginnen (1) mit dem Einatmen aus allen Richtungen in den Solarplexus. Richten Sie Ihre Aufmerksamkeit auf den Solarplexus und ziehen Sie den Atem in sich hinein in Form von Licht von ›oben‹, von ›unten‹ aus der Erde, indem Sie sich an alle beteiligten

Mineralien und an das Pflanzenreich erinnern, von ›hinten‹, indem Sie die in vergangener Zeit verborgen liegende und noch unerlöste Schönheit hereinbringen, sowie von ›vorne‹ aus der Welt der wunderbaren Möglichkeiten, die uns mit lebendiger Hoffnung versorgt. Noch während dieses Einatmens, beim Hineinziehen der Lichtenergie in den Bereich des Solarplexus, verlagern Sie Ihre Aufmerksamkeit zu einem tieferen Bereich in Ihrem Körper, zu einem Punkt ungefähr zwei bis drei Fingerbreit unterhalb des Nabels. Dann kommt der eine Taktschlag Pause. Beim Ausatmen (2) drücken Sie sieben Taktschläge lang den Atem hinunter ins Steißbein am unteren Ende der Wirbelsäule. Wieder kommt ein Taktschlag Pause. Dann (3) atmen Sie von dort aufwärts ins *erste Reservoir,* der Stelle hinter der Brust, und füllen dieses Reservoir sozusagen mit Lebenskraft. Wieder eine Taktschlag Pause. Beim Ausatmen (4) strahlen Sie Liebe und Wohlwollen für die ganze Menschheit in alle Himmelsrichtungen aus, wie ich es mit dem Bild des Leuchtturms erklärt habe. Diese Abfolge führen Sie viermal aus; damit ist der erste Zyklus abgeschlossen.

In den **zweiten vier Abfolgen** wiederholen Sie im Prinzip die oben beschriebene Folge, doch wenn Sie (bei 3) den Atem ins erste Reservoir bringen, das nun bereits gefüllt ist, ziehen Sie ihn durch dieses *hindurch* und weiter durch die Wirbelsäule hinauf bis ins *zweite Reservoir* im Zentrum des Gehirns, indem Sie dem Nacken und der Schädelbasis besondere Aufmerksamkeit schenken, wo die Energie scheinbar ›steckenbleiben‹ kann. Bewegen Sie den Kopf, wenn nötig, hin und her, um diese Energie zu befreien. Beim zweiten Reservoir angekommen, füllen Sie nun dieses mit Lichtenergie. Und dann (bei 4) atmen Sie durch »das dritte Auge« aus, wie die Stelle manchmal genannt wird, die sich zwischen den Augenbrauen befindet, so als ob Sie diesen Bereich mit Licht ›waschen‹. Auch diese Abfolge soll nur viermal ausgeführt werden; mehr wird weder verlangt noch ist es notwendig. Nach diesen vier Abfolgen von achtsam platzierten Atemzügen haben Sie den zweiten Zyklus abgeschlossen.

In den **dritten vier Abfolgen** im letzten Teil dieser Atemübung geht es um den *Fluss* und die *Zirkulation*. Während Sie Ihre Aufmerksamkeit zurück ins Zentrum der Brust bringen, ins Herzzentrum, erlauben Sie der Energie, den Rücken aufwärts zu zirkulieren (mit dem Einatmen bei 1 und 3) und auf der Vorderseite des Körpers wieder hinunter (mit dem Ausatmen bei 2 und 4). Es ist dann beinahe so, als ob Ihr Körper eine von Licht erfüllte Eiform annähme und die Lebenskraft um diese herum, in ihr und durch sie hindurch zirkulierte. Verbleiben Sie in dieser Position, erlauben und beobachten Sie dieses Fließen durch Sie und um Sie herum, welches Ihnen Harmonie, Friede, innere Kraft und Gewissheit gewährt, die Sie eigentlich immer besitzen, die aber durch diese Übung bewusst aktiviert werden können. Diesen letzten Zyklus der Übung können Sie über die erforderlichen vier Abfolgen hinaus verlängern, wenn das für Sie angenehm ist.

Die Augen können während der ganzen Übung offen oder geschlossen bleiben, was natürlich auch von der Helligkeit des Sonnenlichts abhängt. Falls Ihre Augen geschlossen waren, öffnen Sie sie nach Abschluss der Übung vorsichtig, seien Sie sich Ihres Körpers bewusst und wiederholen Sie in vollkommener Dankbarkeit für alles Leben die Worte: »Dies sind die Augen, durch die Gott schaut;

dies sind die Ohren, durch die Gott hört« und »Es *gibt* nur
ein Absolutes Dasein, ein Absolutes Sein, und ich (hier
nennen Sie Ihren Namen) bin Zeuge dieser Schönheit.«
Schließlich erheben Sie sich bewusst, in Frieden und
Dankbarkeit, von Ihrem Stuhl und gehen Ihrem weiteren
Tagesablauf nach.

Jetztheit

Chögyam Trungpa

Beim Meditieren spielt das Konzept der Jetztheit
eine wichtige Rolle. Tatsächlich ist sie die Essenz
der Meditation. Was auch immer man tut, was immer
man übt, ist nicht darauf ausgerichtet, einen höheren
Zustand zu erreichen oder einer Theorie oder einem
Ideal zu folgen, sondern auf den Versuch, ohne Ziel
oder Absicht einfach zu sehen, was hier und jetzt ist.
Man muss sich des gegenwärtigen Moments durch
solche Mittel wie das Konzentrieren auf den Atem
bewusst werden, eine Übung, die in der buddhistischen
Tradition entwickelt wurde. Sie basiert auf der
Entwicklung der Erkenntnis der Jetztheit, denn jeder
Atemzug ist einzigartig, ist ein Ausdruck des Jetzt.
Jeder Atemzug ist vom nächsten getrennt und wird
vollständig gesehen und gefühlt, nicht in einer
eingebildeten Form und auch nicht als ein Hilfsmittel
zur Konzentration, sondern er sollte Gegenstand unserer
vollkommenen Aufmerksamkeit sein. Genauso wie

ein sehr hungriger Mensch beim Essen sich nicht
einmal bewusst ist, dass er Essen zu sich nimmt.
Er ist so ins Essen vertieft, dass er sich vollständig
mit dem, was er tut, identifiziert und beinahe
eins wird mit dem Geschmack und dessen Genuss.
Genauso geht es beim Atmen darum zu versuchen,
durch diesen besonderen Zeitmoment hindurch-
zusehen.

Sehnsucht

»Oh David, Meine Sehnsucht nach ihnen
ist weit größer, als ihre für Mich je sein könnte.«

ATEM IST LEBEN. WIE HÄUFIG HABEN WIR DIESE
Worte bereits gehört und gelesen? Und doch entgeht oder
entgleitet uns ihre Bedeutung meistens in unserer ehr-
lichen, mitunter auch verzweifelten Sehnsucht, die Wahrheit zu erkennen und den Zweck des Lebens auf der Erde
zu erfahren.

Wir meditieren, machen alle Arten von spirituellen
Übungen, studieren heilige Schriften, und manchmal
denken wir vielleicht sogar trotz unseres inneren und
äußeren Leidens daran, uns der Schönheit des Lebens zu
erinnern. Aber wenn wir dies tun, erinnern wir uns dann –
gleichzeitig – auch an den Atem?

Wie können wir uns, ohne uns des Atems bewusst zu
sein, an das Leben erinnern, an das Leben, das wir alle mit-

einander teilen, an das Leben, das uns für unsere kurze Zeit auf der Erde, zwischen unserem ersten Einatmen und unserem letzten Ausatmen, gewährt wurde? Das Leben schenkt uns alles, und dennoch ist es das, was am leichtesten vergessen geht.

Um uns herum zeigt sich immer offensichtlicher, wie rücksichtslos wir über Generationen und Generationen hinweg dem Leben, das uns geliehen wurde, die Früchte und Wohltaten entrissen haben. Das zeigt sich zum Beispiel in der Zerstörung des ökologischen Äthernetzes unseres Planeten und in der Klimaveränderung. Und es spiegelt sich in der rasanten Abnahme des uns zur Verfügung stehenden Freiraumes, den wir mit Technologien wie dem Internet und sich gegenseitig bedingenden elektronischen Systemen, die so viele Menschen für absolut unverzichtbar halten, immer weiter verstopfen.

Ich würde niemals sagen, dass es all dies nicht braucht. *Was* ich jedoch sage ist, dass zwischen der Technologie und der Sehnsucht nach Freiheit in unseren Herzen ein richtiges Gleichgewicht herrschen muss. Diese Freiheit kann nur durch Wissen entstehen. Und das Wissen, das ich meine, ist Selbsterkenntnis. In unserem wahren Selbst liegen unbegrenztes Wissen und uneingeschränkte Freiheit. Wenn wir einmal zu unserem wahren Selbst gelangt sind, haben Raum und Zeit, wie wir sie kennen, keine Herrschaft mehr über uns.

Im Herzen des wahrhaftig Suchenden fließt der Atem der Freiheit, der an den Kern jeden Daseinsaspekts zu rühren vermag. »Die Welten sind nicht groß genug, Mich zu enthalten, aber das Herz Meines treuen Dieners *kann* Mich enthalten.« Im Herzen des ernsthaft Suchenden liegt jene ewige Erinnerung an die Liebe als die Erste Ursache.

Wenn wir beim Einatmen an diese Liebe denken, können wir die Substanz oder Ingredienz ausatmen, die das in sich trägt, was es braucht, um die Flamme des Geistes anzufachen, die in so vielen Menschen schwelt und darauf wartet, im und durch den gegenwärtigen Augenblick entzündet zu werden.

Wir sagen: »Wir suchen nach der Wahrheit.« Wir sagen: »Wir suchen Gott.« Worte, Worte, Worte... Wir brauchen uns noch nicht einmal von unserem Stuhl zu erheben, um die Sehnsucht zu erfahren, die auch in genau diesem Augenblick den ganzen Raum erfüllt. Diese Sehnsucht ist universell, ist überall und zu jeder Zeit. Und doch denken wir so häufig, nur *wir allein* verspürten sie. »Oh David, Meine Sehnsucht nach ihnen ist weit größer, als ihre für Mich je sein könnte.«

Vielleicht *war* es die Suche, die Mühe Ihres Forschens, die Sie hierher gebracht und dieses Buch in Ihre Hände gelegt hat. Aber nun, an diesem Punkt, sollten Sie die Idee Ihrer Suche aufgeben und erkennen, dass *Sie* gesucht werden. Lassen Sie sich selbst wissen, dass Sie geliebt sind.

Wie Sie dies bewerkstelligen sollen? Ganz einfach durch Loslassen, durch Aufgeben in all seinen verschiedenen Stufen, welche in der Sufi-Sprache *fana* heißen. Es ist das Auflösen der Illusion des Getrenntseins, bis schließlich nur noch *baqa* verbleibt, die eine essenzielle Wahrheit, die Ihr Leben auf der Erde und in den kommenden Welten bestimmen kann.

Erinnern wir uns daran, dass wir am Leben sind und das Leben Gottes auf der Erde bezeugen. Damit sind wir Seine Zeugen. Welche andere Kreatur Seiner Schöpfung vermag zu lernen, sich bewusst zu erinnern, bewusst zu atmen und somit als echter Transformator des Lebens auf der Erde zu handeln? Wer sonst könnte helfen, das Gleichgewicht wieder herzustellen, das heute so dringend benötigt wird. G.I. Gurdjieff sagte: »Was die Pflanze unbewusst tut, müssen wir bewusst tun.« Ich würde hinzufügen: Was im Tierreich instinktiv getan wird, müssen wir verstehen lernen, und dann müssen wir als wahre menschliche Wesen entsprechend handeln.

※

Ich bin in meinem Atmen

JEANNE DE SALZMANN

Durch mein Atmen habe ich Teil am Leben.
Ich spüre: Ich bin in meinem Atmen. Es ist der Weg,
auf dem ich existiere […] Indem wir uns des Akts
des Atmens bewusst werden, lernen wir die Gesetze
besser zu verstehen, die das Leben bestimmen,
und wie wir unserer Existenz Bedeutung verleihen,
indem wir ihm dienen.

※

In die Stille kommen

Das Wertvollste ist, einfach zu sein,
in der Gegenwart Gottes zu sein.

WAS IST MEDITATION? ES GIBT UNTERSCHIEDLICHE

Arten der Meditation. Mein Lehrer Bulent Rauf sagte, es sei notwendig, dass wir – neben unserem Familienleben, unserer Arbeit und unseren Freizeitaktivitäten – mindestens einen kleinen Teil eines jeden Tages, vielleicht eine halbe Stunde, in Meditation verbringen. Für uns kann dies das Atmen im 7-1-7-Rhythmus sein. Aber für mich sind die Worte »in die Stille kommen« eigentlich die beste Beschreibung dafür. Man könnte sagen, es ist eine Art Schonzeit.

Der ehrwürdige Mevlevi-Scheich Suleyman Dede – ich habe keinen anderen Menschen gekannt, der einem Heiligen so nahe kam, ein äußerst bescheidener und gleichzeitig sehr, sehr strenger kleiner Mann – erklärte es ganz einfach: »Nach dem *Dhikr* bleibt einfach sitzen!« Das Wort »Meditation« benutzte er nicht, aber was er meinte, war, mit der Aufmerksamkeit auf dem Atem zu meditieren. Das Wertvollste nach dem *Dhikr* oder dem Gebet ist, einfach zu *sein,* in der Gegenwart Gottes zu sein. Zwar sind wir das immer, aber wir müssen uns dennoch anstrengen.

Der zweite Aspekt von Meditation ist das, was ich »Betrachtung« nenne. Ein Beispiel dafür ist es, wenn Sie am Abend still sitzen, nach dem Sonnenuntergang (was gemäß dem Mondkalender bereits ›morgen‹ ist), und den Tag ruhig atmend noch einmal Revue passieren lassen.

Ich meine damit nicht, über den Tag *nachzudenken,* sondern ihn lediglich zu betrachten und all seine Schönheit hervortreten und in Sie einfließen zu lassen.

Das sind die beiden Seiten von ein und demselben, das ich »Meditation« nenne. Ich weiß, dass es mitunter sehr schwierig sein kann, dafür Zeit zu finden. Wir haben immer irgendwelche Ausreden, um es *nicht* zu tun. »Oh, gleich kommen die Sechs-Uhr-Nachrichten« oder »Heute bin ich einfach zu müde…« Aber geben Sie wirklich Ihr Bestes, jeden Tag immer etwas Zeit zu finden, wie kurz diese auch sein mag, zu meditieren und in die Stille zu kommen.

※

Im Atemhaus

ROSE AUSLÄNDER

für Hans Bender

Unsichtbare Brücken spannen
von dir zu Menschen und Dingen
von der Luft zu deinem Atem

Mit Blumen sprechen
wie mit Menschen
die du liebst

Im Atemhaus wohnen
eine Menschblumenzeit

※

Das Licht hinter der Sonne

Eine Visualisation

SETZEN SIE SICH AN IHREN LIEBLINGSPLATZ. LASSEN
Sie sich ganz auf den gegenwärtigen Augenblick ein.
Spüren Sie Ihren Körper und wo und wie er sitzt. Schauen
Sie sich um, nehmen Sie wahr, was da ist. Vergegenwärtigen
Sie sich Ihrer Sinne und der Verbundenheit allen Lebens.
Wenn Sie wollen, können Sie schöne Musik dazu hören.

Die Aufmerksamkeit sammelt sich auf dem Atem.
Folgen Sie dem Atem einwärts und auswärts, als schauten
Sie den Wellen am Strand zu. Denken Sie daran, was der
Atem ist und dass wir alle dieselbe Luft atmen. Atmen Sie
ein, was Sie brauchen, damit Sie Licht in die Welt ausatmen können. Versuchen Sie nicht, diese Visualisation als
etwas Exklusives für sich selbst zu empfinden; machen Sie
eine Übung in Schönheit daraus.

Lenken Sie nun Ihre Aufmerksamkeit auf den 7-1-7-
Rhythmus und die Platzierung des Atems. Das bringt uns
in Einklang mit der universellen Harmonie. Lauschen Sie
dem Klang des *Hu,* er ist überall.

Stellen Sie sich vor, Sie säßen am Strand. Es ist gerade
jener köstliche Augenblick kurz vor der Morgendämmerung. Eine Ahnung von Licht taucht über dem Horizont
auf. Die Luft ist klar und frisch. Atmen Sie diese Luft tief
ein. Lassen Sie sich von dieser Reinheit erfüllen und läu-
tern.

Ein paar Sterne sind noch zu sehen. Nehmen Sie das
Himmelslicht in sich auf. Fühlen Sie die Erde unter sich.

Atmen Sie das Element Erde ein. Lauschen Sie dem Meer, und atmen Sie das Element Wasser ein. All das sind Gaben Gottes. Er möchte, dass wir sie annehmen, denn das Universum ist für uns gemacht.

Lassen Sie dieses Erleben ganz plastisch werden, verfolgen Sie, wie das Licht sich über dem Horizont ausbreitet und immer heller wird, je weiter sich die Erde zur Sonne hin dreht. Alles ist von Stille erfüllt. Die ersten Strahlen spiegeln sich im Meer, die Sterne verblassen, der Mond hat sich zurückgezogen.

Ganz plötzlich durchbricht die Sonne die Schranke zwischen Tag und Nacht, und in diesem Augenblick gewinnt alles eine neue Klangqualität. So schnell steigt die Sonne über dem Horizont auf! Empfinden Sie ihre Wärme auf Brust, Armen und im Gesicht. Ihr ganzer Körper wird langsam warm, während Sie dort am Strand sitzen. Die Vögel werden munter, alles kommt in Bewegung, während die Sonne immer höher steigt. Der Anfang eines neuen Tages.

Folgen Sie aufmerksam dem Lauf der Sonne, mit jedem Atemzug, bis sie ihren höchsten Stand erreicht hat. Es ist Mittag. Die Welt ist in vollem Gang.

Empfinden Sie, stets im Atemrhythmus, wie die goldenen Sonnenstrahlen alle Fasern Ihres Seins durchtränken. Holen Sie sich die Sonne in Ihre Brust, so dass ihr Gold sich von dort aus in die Welt ergießt. Jetzt sind Sie das Zentrum Ihres Universums! Sie atmen nicht mehr, Sie werden geatmet. Still, ganz still.

Da ist ein Licht von einer größeren Sonne, die unserer Sonne Licht gibt. Öffnen Sie sich diesem Licht. Lassen Sie es durch den Scheitel in sich einströmen. Es ist das »Licht der reinen Intelligenz«, ein Licht ohne Farbe in dem uns geläufigen Sinn. Es ist reines, unverfälschtes Licht, unerreichbar für unsere gewöhnliche Vorstellungskraft, doch stets vorhanden und bereit, uns zu erleuchten. In diesem Licht sehen wir die Welt als ein Gebilde von Strukturen, die sich beständig aus dem immerwährenden, ruhenden Augenblick der Schöpfung entfalten.

Jetzt können wir *in* der Welt und doch nicht *von* der Welt sein. Wir sind wie ein Kelch aus dem Gold der Sonne, bereit, den Geist des Atems Seines Erbarmens zu empfangen.

Das ist das Ende der Übung. Bleiben Sie still noch eine Weile im Frieden des Begreifens sitzen. Allmählich wird Ihnen Ihr Körper wieder bewusst. Nehmen Sie Ihre Sinne als Freunde wahr, und denken Sie an unsere Verantwortung als Hüter dieses Planeten. Schauen Sie sich um, die Welt ist frisch und neu. Zeit, den normalen Alltag weiterzuführen.

❧

Mit sichtbarem Atem

Lakota-Indianer

Ich schreite mit sichtbarem Atem.
Meine Stimme beim Gehen erklingt.
Ich schreite auf heilige Weise
Meine Spuren sind deutlich zu seh'n.
Von heiliger Art ist mein Geh'n.

❧

Zyklen kommen und gehen

So wie sich Zyklen verändern,
entwickeln sich auch Atemübungen, um sich
den neuen Umständen anzupassen.

ICH HABE NIE BEHAUPTET UND WERDE DAS AUCH nicht tun, ich sei ein Experte oder Professor des *Atmens*. Da gab es zum Beispiel jene deutsche Dame, Professorin Ilse Middendorf, die 2009 gestorben ist und die ganz sicher eine große Atemexpertin war. Obwohl ich sie nie persönlich kennengelernt habe, bin ich den Früchten ihrer Arbeit begegnet und war in meinem Herzen stets sehr berührt davon, was für ein Mensch sie gewesen sein muss.

Wenn wir bestimmte Lehren betrachten und uns nach deren Bedeutung für die heutige Zeit fragen, müssen wir unterscheiden zwischen mehr oder weniger zeitgenössischen Lehrern und solchen, die nicht mehr in unserem gegenwärtigen Zyklus leben. Auch der Einfluss der Letzteren kann noch sehr groß sein, wie dies beispielsweise bei Gurdjieff oder seinem Schüler Bennett der Fall ist.

John G. Bennett war ein guter Freund von mir, und seine Schule in England lag nur knapp sechs Kilometer von meiner eigenen entfernt. In den letzten Jahren seines Lebens versuchte Mr. Bennett, alles weiterzugeben, was er selbst gelernt hatte und was ihm vermittelt worden war. Im Alter von dreiundsiebzig Jahren eröffnete er seinen Freunden, er werde nun ein fünfjähriges Schulungsprojekt beginnen, im Rahmen dessen jeweils einhundert Studenten zehn Monate lang in seinem großen Haus unterrichtet würden. Die meisten Teilnehmer seiner ersten Jahreskurse waren wirklich sehr jung. Aus einem Grund, den nur er selbst kannte, gab Mr. Bennett ihnen derart viele Übungen auf, dass es eines dicken Buches bedurft hätte, um sie alle auseinanderzuhalten. Das war damals in den frühen 1970er Jahren. Würde er heute, wenn er noch lebte, dasselbe tun? Das ist höchst unwahrscheinlich.

So wie sich Zyklen verändern, entwickeln sich auch Atemübungen, um sich den neuen Umständen anzupassen. Einige bleiben das, was ich als eine Art »Standard« bezeichnen würde, zumindest in ihrer Ursprungsregion, wie zum Beispiel die verschiedenen Zählmethoden im Vipassana-Buddhismus, im Hinduismus oder im Yoga. Die Frage ist, ob sie sich von einem Teil der Welt an einen anderen übertragen lassen. Einige ganz sicher nicht, und manche können zweifellos mehr schaden als nützen, wenn man sie in eine andere Kultur verpflanzt. Genauso wie man weiß, dass eine hier hergestellte homöopathische Medizin auf der anderen Seite des Äquators ihre Polarität umkehrt. Atemübungen haben besonders viel mit dem elektromagnetischen Feld zu tun, und wenn man mit den *Chakren* und dergleichen arbeitet, bezieht man das ganze System mit ein. Viele dieser Übungen können sehr hilfreich sein, aber die meisten lassen sich nicht kulturell verpflanzen. Daher müssen wir uns den gegebenen Umständen sorgfältig anpassen, entsprechend dem Ort, an dem wir uns befinden, und dem, was gerade passiert.

Zur Zeit der Blumenkinder geschah ein großes ›Ereignis‹. Aber vergessen Sie nicht: Dies ist eine Welt der Erscheinungen. Das, von dem wir in den Hippie-Jahren Zeugen wurden – jene in Kalifornien entspringende Welle von Freiheit, Sex, Drogen und Rock 'n' Roll oder wie immer Sie es nennen wollen – war in den höheren Welten *bereits geschehen.* Und so brach in den späten 1960er Jahren ›etwas‹ durch die verschiedenen, sich überlagernden Welten in der Kosmologie des Daseins, das wie ein Ereignis *erschien,* in Tat und Wahrheit aber viel mehr war als nur »ein Ereignis«. Zu jener Zeit wurde in England und in den Vereinigten Staaten (wie in den meisten katholischen Ländern und natürlich im Vatikan) Meditation als etwas Böses betrachtet. Der Dorfpfarrer in der Nähe des Zentrums, das ich damals leitete, wurde sogar aus der Kirche geworfen, weil er meine Meditationsabende besucht hatte! Das ›Ereignis‹, das in der Welt der Erscheinungen alles derart veränderte, dass es von jedermann überall auf dem Globus beachtet wurde, musste von den höheren Mächten durch jemanden ›bewerkstelligt‹ werden, der auf der ganzen Welt berühmt war. Und dies waren die Beatles, von denen ich einen auch persönlich kannte.

Es war eine Sache von allergrößter Wichtigkeit, als die Beatles damals den Maharishi Mahesh Yogi ›entdeckten‹, der eine Menge Gutes für die Welt bewirkt hat, ganz egal was manche Leute über ihn sagen. Es wäre sinnlos gewesen, wenn irgendein Unbekannter nach Indien gepilgert wäre – aber die Beatles waren weltweit bekannt und beliebt. Als sie zurückkehrten, brachten sie die Meditation aus dem Osten, wo die Sonne aufgeht, mit sich in den Westen, und sie wurde prompt zu einem Trend. Schließlich begann sogar die Kirche von England, trotz ihres Schubladendenkens, zur Meditation zu ermutigen, vielleicht weil ohnehin immer weniger Menschen in die Kirchen kamen. Man dachte wohl, damit könnten die Gläubigen wieder zurückgelockt werden. Vor dieser Zeit hatten nur sehr wenige Westler das Wort »Meditation« überhaupt gehört oder sich mit »dem Atmen« beschäftigt.

In jenen Tagen wurde ich von der Mutter Oberin eines bedeutenden Nonnenklosters in Notting Hill in London angefragt, eine geschlossene Atemklasse abzuhalten, nachdem ich bereits jeden Donnerstagabend in der großen Kirche des Klosters öffentlichen Atemunterricht erteilt hatte. Und wie das bei mir so ist, ließen die Schwierigkeiten nicht lange auf sich warten. Der Vatikan hatte soeben ein Edikt erlassen, wonach Meditation des Teufels und etwas Böses sei. Denken Sie, das hielt mich auf? Nachdem sie meine öffentlichen Atemstunden besucht hatte, begann sich das Leben der Mutter Oberin zu verändern, so dass sie mich eines Tages fragte: »Reshad, wärst du bereit, meinen Nonnen das Meditieren beizubringen?« Worauf ich antwortete: »Gerne, aber ich werde nur den einfachen Rhythmus des Universums unterrichten, das Geheimnis. Passenderweise heißt er ›der Mutteratem‹!« *Das* machte sie natürlich überglücklich, und ich erklärte ihr, dass er ursprünglich aus Ägypten stammt. Also willigte ich ein, einmal die Woche, jeweils vor der öffentlichen Veranstaltung, den Nonnen eine Stunde Atemunterricht zu erteilen. Die Mutter Oberin schlug vor, dies nicht in der riesigen Kirche zu tun, sondern in der kleineren Kapelle – die doch tatsächlich Maria gewidmet war! Als ich das hörte, war ich sehr berührt.

So traten also die Nonnen in ihren Ordenstrachten zur ersten Lektion an – die Mutter Oberin beobachtete mich dabei sehr genau – und ich sagte: »Hallo, Nonnen!« und begann den Unterricht, indem ich sie bat, ihre Trachten anzuheben und sich auf die ausgelegten Kissen zu setzen. In jenen Tagen meditierte ich im Halblotossitz. Also erklärte ich ihnen, wie sie ihre Beine auf die richtige Weise kreuzen sollten. Schließlich begannen sie zu atmen, und

nach einiger Zeit atmete die ganze Kirche mit. Obwohl
unsere Donnerstagsklassen nicht beworben wurden,
kamen immer mehr Passanten herein und auch die Mutter
Oberin gesellte sich dazu und wir alle atmeten zusammen.

Aber jede Medizin hat ihre Nebenwirkungen. In jenen
Tagen durchlebte ich eine Phase, in der ich förmlich ›am
Fliegen‹ war, ich flog auf den Schwingen der Meditation
und des Atems – und dann ging ich einen Schritt zu weit.
Unter all den Menschen, die zu uns in jene Kirche kamen,
war eines Tages ein Paar, das mich darum bat, sie im
Rahmen einer New-Age-Zeremonie zu trauen. Damals
war alles New Age, obschon es eigentlich nichts wirklich
›Neues‹ gibt. Also sagte ich: »Na klar doch, ich traue euch
in der Kirche!« Wir wollten Gedichte lesen und Gesänge
aus verschiedenen Religionen *chanten,* und *Dhikr* machen
und beten und vieles mehr... Und die ganze Kirche sollte
gemeinsam atmen. Die Mutter Oberin freute sich sehr darauf und war in heiterster Stimmung. Doch ich sagte:
»Frau Mutter Oberin, ich hätte da eine Bitte. Können wir
den Altar verschieben?« Sie fragte warum, und ich antwortete: »Ich hätte ihn gerne in der Mitte, nicht am Ende der
Kirche. Die Zeit der Trennung ist vorüber.« Den riesigen
Altar konnten wir natürlich nicht verschieben, dazu hätten
wir einen Kran gebraucht. Aber wir verschoben einen
Nebenaltar. Und so hielten wir diese bunte Zeremonie ab,
und die Menschen kamen von der Straße herein, alles war
voller Blumen und das Paar wurde verheiratet. Halleluja!
La illaha il' Allah! Unglücklicherweise wurde die Mutter
Oberin kurze Zeit später in den Vatikan zitiert, und man
berief sie aus dem Nonnenkloster ab und verbannte sie in
ein langweiliges, dunkles Gemäuer in Frankreich, um Buße
zu tun. Und damit war jener Zyklus zu Ende.

Ich bin überzeugt davon, dass das Geheimnis des Verständnisses des Lebens in der Feuchtigkeit auf dem Atem liegt, und das lehre ich nun seit vierzig Jahren. Langsam aber sicher wird das auch zur wissenschaftlichen Tatsache, weil »die heutige Metaphysik die Physik von morgen ist.« Aber glauben Sie, dass die Menschen damals, als alle viele Jahre hindurch das Wort »Meditation« auf den Lippen führten, daran interessiert gewesen wären, wenn ich ihnen erzählt hätte, was *innerhalb des Atems* ist? Nein! Es war ein anderer Zyklus, und Zyklen kommen und gehen.

Frieden in uns selbst

Hazrat Inayat Khan

Es ist sinnlos, über den Weltfrieden zu streiten. In uns selbst Frieden zu schaffen, das ist es, was genau jetzt notwendig ist, so dass wir selbst ein Vorbild an Liebe, Harmonie und Frieden werden. Das ist der einzige Weg, uns selbst und die Welt zu retten. Der Mensch muss versuchen, anderen mit größerer Rücksichtnahme zu begegnen. Er sollte sich selbst fragen: »Welchen Sinn habe ich für die Welt? Wurde ich für einen bestimmten Zweck geboren?« Und er sollte versuchen, sich in Selbstbeherrschung zu üben, und zwar durch das Geheimnis des Atems, dem besten Mittel, um dieses Ziel zu erreichen.

Jeden Tag ein kleines Bisschen

Übung macht den Meister.

ALLE ATEMÜBUNGEN, DIE SIE IN DIESEM BUCH FIN-
den, haben mit innerem Gleichgewicht zu tun. In jeder
echten esoterischen Schule kommt es auf fortgesetztes
Üben an. Wenn wir den spirituellen Pfad beschreiten,
hängt alles davon ab, dass wir die innere Balance wahren.
Sie ermöglicht es, dass wir uns den höheren Welten öffnen, ohne vom erstbesten Sturm davongeweht zu werden.
Der Mensch ist ein vieldimensionales Wesen und selten
von vollkommener Ausgewogenheit in all seinen Facetten.
Jede spirituelle Übung zielt auf Gleichgewicht und Harmonie ab, denn nur so können wir auf verschiedenen
Bewusstseinsebenen zugleich leben.

Auch sollten wir nie vergessen, dass diese Übungen
etwas Heiliges sind und dass jedes Gebet mit Lobpreis
beginnen sollte. In der inneren Tradition ist »Atem« ein
anderes Wort für »Gebet«. Wenn wir unseren Tag nicht
damit beginnen, unseren Schöpfer zu preisen und uns
an Ihn zu erinnern, wird Er uns vielleicht vergessen! Die
richtige Haltung bei all diesen Übungen ist also die der
Dankbarkeit. Selbst wenn wir uns schlecht fühlen, können
wir unsere Übungen mit einer Lobpreisung beginnen.
Vielleicht ist dieses Sich-schlecht-Fühlen einfach die
Medizin, die wir brauchen, damit es uns wieder besser
geht. Wenn wir nicht mit Lobpreis beginnen können,
dann sind wir höchstwahrscheinlich zu ernst und denken
nur an uns und unsere persönlichen Probleme.

Beim Ausführen einer Übung sollten Sie sich unbedingt anstrengen, die Aufmerksamkeit auch nicht für die Dauer eines einzigen Atemzuges zu verlieren. Das ist schwierig, weil in uns so viele kleine Ichs herumschwirren und so wenig beständiges Ich vorhanden ist. Aber Sie dürfen auch nicht zu streng oder zu hart mit sich selbst sein, wenn Sie auf Schwierigkeiten stoßen. Machen Sie weiter, seien Sie beharrlich – jeden Tag ein kleines Bisschen. Wir gehen unseren Lebensweg Schritt für Schritt, stets bemüht, für den Augenblick wach zu sein, und hier erlangt der Atem seine besondere Bedeutung.

Atmen ist eine ganzheitliche Erfahrung, die unser gesamtes Sein in allen seinen Aspekten erfasst. Er hält nicht nur unsere Lunge in Bewegung, so dass sie uns mit dem nötigen Sauerstoff versorgen kann, sondern er verbindet uns auch mit den anderen Welten um uns herum. Wir können unsere Aufmerksamkeit auf bestimmte Regionen unseres Körpers richten und dann in sie hinein und durch sie hindurch atmen, um sie anzuregen und zum Leben zu erwecken.

Es lässt sich nicht sagen, wie lange man mit einer bestimmten Atemübung arbeiten sollte. Eigentlich kommt man nie zu einem Ende, weil es immer wieder Neues zu entdecken gibt. Übung macht den Meister. Allerdings ist es so, dass, wenn Sie einmal mit einer Übung intensiv gearbeitet haben, Ihnen die Essenz der Übung jederzeit wieder einfallen wird. Wenn Sie eine Übung wirklich in sich aufgenommen haben, was vielleicht ein Jahr dauern kann, wird sie für Sie zu einer Realität. Dann wird es Ihnen möglich sein, mit nur einem einzigen Atemzug in die Übung einzutauchen und sie auszuführen. Sie können dann auch in sehr schwierigen Zeiten, wenn Ihnen zum Beispiel das

Atmen schwer fällt, weil Sie gerade im Krankenhaus liegen oder etwas sehr Schlimmes geschehen ist, mittels kreativem und bewusstem Gedächtnis sich an die Idee oder die Essenz der Übung erinnern. Ja, sie kann sich sogar ›selbst ausführen‹, wenn *Sie* es nicht schaffen. Das ist deshalb möglich, weil die Übung in reine Erinnerung verwandelt wurde und Ihnen diese Erinnerung an die Harmonie der Übung noch immer zur Verfügung steht.

Ich selbst versuche stets, die eine oder andere dieser Übungen mindestens einige Male täglich zu machen. Trotz all der Jahre, in denen ich nun mit ihnen arbeite, komme ich immer wieder zu ihren Grundlagen zurück: dem Rhythmus von 7-1-7-1-7, dem Einatmen in den Solarplexus, der Pause, in der meine Aufmerksamkeit zum Herzzentrum wandert, und dem Ausatmen oder Ausstrahlen von Licht. Das ist alles.

Aber vergessen Sie niemals: Wir tun dies alles nicht, um Macht zu erlangen. Menschen, die darauf aus sind, tun mir leid, weil sie so nur unglücklich werden. Jede Übung birgt die Gefahr, dass wir damit das eigene Ego spiritualisieren, statt unser Herz zu transformieren. Das meinte Jesus, als er sagte, man könne alle Macht der Welt besitzen, aber ohne Liebe sei alles nichts.

Vielleicht entwickeln Sie einen heftigen Enthusiasmus und würden gerne zu anderen, scheinbar ›weiter fortgeschrittenen‹ Übungen oder solchen aus anderen Traditionen wechseln. Ich sage nicht, dass dies falsch wäre – aber seien Sie vor Ihrem Ehrgeiz auf der Hut! Halten Sie es leicht und einfach und üben Sie regelmäßig. Das ist das Wichtigste. Wenn Sie sich jeden Tag nur ein paar Minuten Zeit nehmen und sich des Mutteratems in seiner Einfachheit erinnern, können Sie nichts falsch machen.

Sie werden dann sogleich in einen aktiv empfänglichen Zustand gelangen. Mit dem richtigen Motiv und einer aufrichtigen Absicht, wenn Sie nicht vergessen, bescheiden und dankbar zu sein, und wenn Sie regelmäßig üben, werden Sie zweifelsohne nicht nur sich selbst helfen, sondern auch den Menschen in Ihrer Umgebung.

Da machte Gott der Herr den Menschen aus Erde
vom Acker und blies ihm den Odem des Lebens
in seine Nase. Und so ward der Mensch ein lebendiges
Wesen.

GENESIS 2.7

Und als er dies gesagt hatte, hauchte er in sie und
sprach zu ihnen: Empfanget den Heiligen Geist!

JOHANNES 20.22

Wenn Ich ihn dann geformt und ihm von Meinem
Geiste eingeblasen habe, dann fallt voller Ehrfurcht
vor ihm nieder!

KORAN 15:29

Quellenangabe

Falls nachfolgend nicht anders ausgewiesen, wurden die Kapitel dieses Buches zusammengestellt und redigiert aus einer Vielzahl von Studientexten und Vorträgen des Autors aus den vergangenen vierzig Jahren. Die Kapitel, welche in voller Länge oder auszugsweise aus älteren Publikationen entnommen wurden, sowie die Gedichte und Zitate von Fremdautoren stammen aus den folgenden Quellen:

19   Reshad Feild: *Die Alchemie des Herzens,* Aurum / Kamphausen Verlag, Bielefeld 2004, Kapitel »Atem«. Übersetzung: Christian Quatmann.

25   Muhyiddin Ibn Arabi: *Reise zum Herrn der Macht,* Chalice Verlag, Zürich 2007. Übersetzung: Franz Langmayr.

28   Muhyiddin Ibn Arabi: *Die Weisheit der Propheten,* Chalice Verlag, Zürich 2005. Übersetzung: Wolfgang Herrmann.

29   Reshad Feild: *Das atmende Leben,* Chalice Verlag, Zürich 2008, Anhang »Der Mutteratem«. Übersetzung: Jochen Eggert.

39   Lorin Roche: *The Radiance Sutras,* www.lorinroche.com

40   Reshad Feild: *Das atmende Leben,* Chalice Verlag, Zürich 2008. Übersetzung: Jochen Eggert.

46   Dr. E. Bordeaux Székely: *Das Friedens-Evangelium der Essener,* Neue Erde GmbH, Saarbrücken, ISBN 978-3-89060-127-4.

47   Reshad Feild: *Die Innere Arbeit,* Band I, Chalice Verlag, Zürich 2004, Kapitel »Die Atemübung im Stehen«.

50   Reshad Feild: *Die innere Arbeit,* Band II, Chalice Verlag,
     Freienbach 2011, Auszug aus dem Kapitel »Den Atem leben«.
     Übersetzung: Barbara Feild.

53   Jalaluddin Rumi: *Mathnawi,* Buch I 1951, Verlag Kaveh Dalir
     Azar, Köln 1999.

53   Reshad Feild: *Mit den Augen des Herzens,* Arbor Verlag,
     Freiamt 1998, Kapitel »Atem, das Geheimnis des Lebens«.
     Übersetzung: Stefan Bommer und Simone Koller.

59   *The Gift – Poems by Hafiz,* Penguin, New York 1999.

60   Reshad Feild: *Schritte in die Freiheit,* Chalice Verlag,
     Zürich 2004, aus dem Vorwort. Übersetzung: Karin Monte
     und Angelika Schott.

61   Shakina Reinhertz: *Women Called to the Path of Rumi,*
     Home Press, Prescott, Arizona 2001.

67   Reshad Feild: *Die Innere Arbeit,* Band I, Zürich 2004,
     Kapitel »Auf dem Atem leben«.

78   Frithjof Schuon: *Den Islam verstehen,* O.W. Barth Verlag,
     Bern 1988.

79   M.R. Bawa Muhaiyaddeen: *To Die Before Death: The Sufi
     Way of Life,* The Bawa Muhaiyaddeen Fellowship 1997.

82   Jonathan Star & Shahram Shiva: *A Garden Beyond Paradise.
     Love Poems of Rumi,* New York 1992.

88   Jalaluddin Rumi: *Mathnawi, Buch* I 865, Verlag Kaveh Dalir
     Azar, Köln 1999.

89   Reshad Feild: *Schritte in die Freiheit,* Chalice Verlag, Zürich
     2004, Kapitel »Der Atem«. Übersetzung: Karin Monte und
     Angelika Schott.

94   Nikos Kazantzakis: *The Saviors of God: Spiritual Exercises,*
     Simon and Schuster, New York 1960.

97   *There Is Some Kiss We Want with Our Whole Lives,*
     Rumi Poems translated and read by Coleman Barks 1999.

100 Kathleen Raine: *Selected Poems,* Lindisfarne Press, Great
     Barrington, Massachusetts 1988.

110 Ilse Middendorf: *Atem – Stimme der Seele.* Eine Studie über
     den Erfahrbaren Atem, Video von Gerd Conradt, 2009.

111 Reshad Feild: *Die innere Arbeit,* Band I, Zürich 2004,
     aus dem Kapitel »Gute Neuigkeiten – um Gottes Willen!«.

113 Muhyiddin Ibn Arabi: *Die Weisheit der Propheten,* Chalice
     Verlag, Zürich 2005. Übersetzung: Wolfgang Herrmann.

114 Reshad Feild: *Ich ging den Weg des Derwisch,* Heinrich
     Hugendubel Verlag, München 2006, aus Kapitel 6.
     Übersetzung: Frank Meyer und Andrea Panster.

117 Hazrat Inayat Khan: *Health and Order of Body and Mind,*
     "The Mystery of Breath".

118 Reshad Feild: *Die innere Arbeit,* Band I, Chalice Verlag,
     Zürich 2004, Kapitel »Die 7-1-7-Atemübung«.

121 Joseph Rael: *Being and Vibration,* Council Oak Books,
     Tulsa, Oklahoma 1993.

128 Hazrat Inayat Khan: *Health and Order of Body and Mind,*
     "The Mystery of Breath".

135 Coleman Barks: *The Essential Rumi,* HarperCollins,
     New York 1997.

136 Reshad Feild: *Die Innere Arbeit,* Band II, Chalice Verlag,
     Freienbach 2010, Kapitel »Die Reservoir-Atemübung«.

143 Chögyam Trungpa: *Meditation in Action,* Shambhala, Boston & London 1991.

147 Jeanne de Salzmann: *The Reality of Being,* Shambhala, Boston & London 2010.

149 Rose Ausländer: »Im Atemhaus«. Aus: Rose Ausländer: *Ich höre das Herz des Oleanders. Gedichte 1977–1979.* © S.Fischer Verlag GmbH, Frankfurt am Main 1984.

150 Reshad Feild: *Das atmende Leben,* Chalice Verlag, Zürich 2008, Kapitel »Das Licht jenseits der Sonne«. Übersetzung: Jochen Eggert.

158 Hazrat Inayat Khan: *Health and Order of Body and Mind,* "The Mystery of Breath".

159 Mit Auszügen aus: Reshad Feild: *Die innere Arbeit,* Band II, Chalice Verlag, Freienbach 2010, Kapitel »Die Latifa-Übung«.

Weitere Werke von Reshad Feild

Ich ging den Weg des Derwisch, 1977

Wissen, dass wir geliebt sind – Das Siegel des Derwisch 1979, 2003,
 Chalice Verlag: ISBN 978-3-905272-12-3

Schritte in die Freiheit, 1984, 2004,
 Chalice Verlag: ISBN 978-3-905272-14-7

Leben um zu heilen, 1988

Reiseführer auf dem Weg zum Selbst, 1989

Das atmende Leben, 1989, 2008
 Chalice Verlag: ISBN 978-3-905272-15-4

Mit den Augen des Herzens, 1991

Die Alchemie des Herzens, 2004

Jede Reise beginnt mit einer Frage, 1997

Die innere Arbeit – Studienmaterial einer lebenden esoterischen Schule,
 drei Bände, 2004, 2010 und 2011,
 Chalice Verlag: ISBN 978-3-905272-21-5
 Chalice Verlag: ISBN 978-3-905272-22-2
 Chalice Verlag: ISBN 978-3-942914-01-7

Der Chalice Verlag widmet sich
der Publikation des Werkes von Reshad Feild
und wertvollen Texten aus verschiedenen
spirituellen Traditionen

Unser Verlagsprogramm und weitere Informationen
finden Sie auf unserer Website

www.chalice-verlag.com